LES HAUTS MURS

Auguste LE BRETON

LES HAUTS MURS

FRANCE LOISIRS
123, boulevard de Grenelle, Paris

Edition du Club France Loisirs, Paris,
avec l'autorisation des Éditions Plon

ISBN N° 2-7242-2443-4

A ma fille Maryvonne et à tous mes copains, connus et inconnus, de l'Assistance publique, des orphelinats, des maisons de redressement et de correction, je dédie ce livre de mon enfance perdue.

I

Un silence pesant écrasait le réfectoire. Seules le troublaient, par instants, les louches heurtant les grosses assiettes de faïence ébréchées par l'usage. Les serveuses en tablier gris distribuaient une égale mesure de pois cassés à tous les pupilles. Ceux-ci, le buste droit, les avant-bras croisés dans le dos, attendaient, l'œil rivé sur le crâne rasé de leur vis-à-vis, que Mme Lerbier, la directrice, leur permît d'avaler leur pitance. Les plus affamés guettaient avec impatience le claquement de mains rituel qui, les libérant de leur pénible position, leur permettait de se bourrer l'estomac. Les autres, d'une mine écœurée, reniflaient l'odeur trop familière qui montait de leur assiette.

Tréguier était de ceux-ci. Pourtant la faim le tenaillait. Il avait toujours faim. Six années passées dans cet orphelinat de guerre n'avaient point réussi à le dégoûter des plats infects qui composaient les mêmes menus à longueur d'année. A l'occasion, il ingurgitait sans répugnance la pâte à colle baptisée « riz au gras ». Riz au gras ? Le plat préféré de l'économe, à l'intention des gosses s'entend, car il est certain que le vieil escroc n'en mangeait jamais ! En ce qui concernait les pois cassés, rien à faire, ça ne passait pas. De tous les farineux que leur délivrait chichement l'économat, la purée de pois était la pire ennemie de Tréguier. Berland, le gamin rigolard assis en face de lui, le savait. Aussi, d'un clin d'œil expressif, lui faisait-il comprendre que, le moment venu, il le débarrasserait de la chiasse verdâtre qui souillait son assiette.

Tréguier, en qualité d'ancien, était relégué au fond du réfectoire, place qu'il occupait depuis deux ans. Sans compter l'agrément d'être le plus loin possible de l'estrade des surveillantes, il avait l'avantage d'être assis dos au mur. Cela lui permettait d'embrasser du regard, à travers les grandes baies vitrées, la cour de récréation. Pour l'instant celle-ci était déserte, triste, nue. La pluie de novembre accusait encore cette impression. Au gré du vent, l'averse flagellait les grands arbres dénudés, et les montants carrés du portique dépouillé de ses agrès. Tréguier, d'un regard nostalgique, caressa la silhouette de son vieux compagnon de sport. Depuis la veille, il savait qu'il n'aurait plus jamais l'occasion d'y suspendre le trapèze au bois poli, ni de grimper tout en haut à l'aide de la corde à nœuds. Il se débrouillait assez bien dans ce genre d'exercices et s'y était même acquis une petite réputation. Il s'y montrait plus adroit qu'en classe, où les notes des instituteurs de la Communale prouvaient qu'il ne serait toute sa vie qu'un crétin, fermé aux joies des maths, Histoire de France et autres casse-tête idiots.

Avec un ensemble parfait, les dernières rations plaquées dans les assiettes, les serveuses gagnèrent la sortie sous l'œil sévère de Mme Lerbier. Celle-ci, forte, grande, moustachue, trônait sur l'estrade, derrière un bureau sombre. Sa blouse blanche s'encadrait des deux blouses noires des surveillantes de service. Le tout ressemblait à un tribunal. Et c'était bien un tribunal que représentaient ces trois femmes sur le retour qui ne cessaient d'épier la centaine de gosses placés sous leurs ordres. D'un claquement de ses battoirs, la directrice libéra les petites statues pétrifiées par la discipline. Aussitôt, les premiers servis, dont la nourriture s'était refroidie, se hâtèrent d'engloutir leur portion.

Des immenses tablées disposées en fer à cheval s'élevait à présent un brouhaha confus où dominait le cliquetis des couverts. Parfois, un rire fusait. Automatiquement, l'une des blouses noires se dressait, prenait un air soupçonneux et tragique, à croire qu'un crime était dans l'air. Le responsable, baissant immédiatement la tête, refoulait sa gaieté sous une cuillerée de pois cassés.

Berland s'assura que le trio de l'estrade ne lorgnait pas de son côté, puis, vivement, renversa dans la sienne l'assiette de son camarade. Il jubilait. Dame ! cela ne lui arrivait pas souvent de sortir de table le ventre plein.

Tréguier suivit du regard le mouvement de son copain et soupira. Non pas de regret pour les pois cassés, mais de savoir que demain il ne serait plus là. Où allait-on l'envoyer ? Chez qui ? Il l'ignorait. Tout ce qu'on avait daigné lui expliquer, c'est qu'il devait se préparer au départ. La pensée de quitter l'orphelinat, sa famille, la seule qu'il eût jamais eue, lui étreignait le cœur. Cette appréhension de l'inconnu lui bloquait la gorge. Pour faire glisser une bouchée de pain, il avala d'un trait son verre de coco tiède, boisson hygiénique, écœurante, à laquelle ils avaient droit en toute saison. Encore pouvaient-ils s'estimer veinards qu'on la leur donnât, puisqu'on leur braillait sur tous les tons qu'ils étaient nourris grâce à la charité de la Nation. Si toutes les cochonneries formant la base de leur alimentation provenaient de la charité en question, elle n'avait pas de quoi se vanter, la Nation ! Bon Dieu, non.

En grandissant, certains pupilles, dont Tréguier, avaient acquis une conviction : s'ils se trouvaient là, eux-mêmes n'y étaient pour rien. Nourris par charité ou non, ils n'avaient rien demandé à personne. La mort de leur père à la guerre n'était pas de leur fait, après tout.

Lorsque toutes les assiettes furent empilées par groupes de douze, un claquement de mains renvoya les mômes à leur position première : bras croisés dans le dos, têtes droites comme des « I ». Les « adjudants » en noir descendirent de l'estrade. S'enfonçant dans l'allée centrale, de leur pas de vieille fille en retard de mâle, elles longèrent, l'une à gauche, l'autre à droite, l'alignement des crânes tondus. Parvenues au fond, elles pirouettèrent sur leurs godasses à talons plats et reprirent leur chemin en sens inverse.

Cinquante paires d'yeux rigolards, les autres ne pouvant

les apercevoir, les suivaient dans leur procession. Cinquante bonshommes de huit à quatorze ans, dont la plupart auraient offert, et de grand cœur, leur soupe du soir pour en voir une se casser la gueule sur le carrelage... Hélas ! ça n'arrivait jamais. Leur numéro était au point.

Elles remontèrent sur l'estrade, aussi dignement qu'elles en étaient descendues. Et là, restèrent debout, immobiles, encadrant la majesté en blouse blanche dont la stature hommasse se dressa, en dernier ressort. Le sombre regard de la directrice parut prendre possession de tous, puis sa voix autoritaire crépita dans le réfectoire :

— Bréjet Emile, ici !

Un mioche d'une dizaine d'années s'extirpa d'un banc. Son teint livide, l'agitation de ses membres mal poussés marquaient la frousse qui l'étreignait. En reniflant, il se dirigea vers les trois femmes.

D'un coup de godillot sous la table, Berland questionna Tréguier, qui traduisit aussitôt :

— Pissé au lit.

— Encore !

— Tu sais bien qu'il est malade.

— Silence ! J'ai dit : silence !

Un des adjudants aboyait, voulant mordre à son tour au gâteau de l'autorité. De l'estrade, les regards filèrent en direction de Tréguier. Bréjet lui-même tourna sa bouille décomposée. Il devait prier pour que les coupables fussent découverts. L'orage peut-être se détournerait-il alors de lui ! Malheureusement, Tréguier et Berland se composaient une attitude de sphinx. La voix dure de Mme Lerbier fit s'envoler les espoirs de Bréjet :

— Eh bien ! il faut que j'aille te chercher ?

Il courba un peu plus sa tête trop grosse pour son corps fluet, leva un pied qui paraissait lourd, à croire que son trac pesait dessus, et commença de gravir les marches.

Comme il paraissait minable dans son uniforme en velours côtelé ! Il chialait, le visage caché dans la saignée du bras. On voyait son crâne difforme, lissé par la tondeuse, se soulever sous les sanglots. Quelque chose de poignant émanait de ce moutard affolé, mais qui ne pouvait amollir le trio de l'estrade. Les moustaches sur la lèvre supérieure de la directrice se mirent à trembler :

— Eh bien, saligaud, tu as encore fait au lit ? Tu sais ce qui t'attend ? Prépare-toi... et vite !

Bréjet larmoya :

— C'est pas d'ma faute, M'dame. Je...

Les yeux de rongeur cruel d'une des blouses noires étincelèrent. Pour se faire bien voir de la despote en blanc, elle se hâta de marquer un point sur sa rivale en reprenant Bréjet :

— On ne dit pas « M'dame », mais « Madame la Directrice ». Allez, répétez, insolent !

— Madame la Directrice, répéta docilement Bréjet.

— Madame la Directrice, quoi ? Idiot ! hurla le gendarme en jupon. Achevez votre phrase !...

Bafouillant d'épouvante, le gosse reprit mot à mot : « Madame la Directrice, quoi, idiot », puis s'écroula, en larmes.

En général, ces scènes laissaient les pupilles indifférents. Ils en avaient tellement vu ! Pour Bréjet, le cas était autre. C'était du sadisme, de le rendre responsable de sa faiblesse de vessie. Et ses copains n'ignoraient pas qu'il luttait contre le sommeil pour éviter de pisser dans son lit. Mais, à la longue, la fatigue aidant...

Le dominant de toute sa taille, la directrice lui tapota le front d'un index courroucé, et gronda :

— Allons, dépêche-toi ! Je suis pressée !

D'une main tremblante, Bréjet écarta sa veste de velours. Après un temps d'hésitation, il souleva son chandail kaki, don des Américains à l'orphelinat, et s'attaqua à ses bretelles ; sa culotte courte coula le long de ses cuisses amaigries.

Un bruit de chaises... Un ordre bref traversa le réfectoire :

— Regardez tous !

La discipline, c'est la discipline. Surtout pour des orphelins de guerre. Tous les crânes rasés, en un mouvement sec, pivotèrent vers l'estrade comme pour un salut au drapeau.

Bréjet était allongé en travers du bureau. L'une des blouses noires lui maintenait les bras, l'autre les pieds. Il semblait offert en holocauste à la déesse aux bras velus qui retroussait ses manches. Elle commença à officier sur-le-champ, laissant tomber avec de plus en plus de férocité sa main aux doigts épais sur les petites fesses, d'une nudité maladive.

Bréjet ne chialait plus. Tant qu'il avait espéré en une grâce possible, ses pleurs n'avaient cessé. Maintenant, il encaissait stoïquement, les dents serrées. « Ah ! ces fils de Morts au Champ d'Honneur ! »

La raclée aurait duré plus longtemps si une exclamation de rage ne l'avait interrompue :

— Oh ! le cochon !

Le rire commença par gagner les garçons assis à proximité de l'estrade, puis la joie devint générale.

D'un geste offusqué, Mme Lerbier agitait une main indignée, tachée d'éclaboussures verdâtres qui ressemblaient à s'y méprendre aux pois cassés.

— J'ai mis la main dans... dans... ça, ça, ça !... hurla-t-elle. Oh ! le porc !

Le « porc », lui, ne bougeait plus. Les oreilles rouges, il attendait la fin du monde. Peut-être, après tout, était-il heureux que ses intestins se fussent montrés plus faibles que sa volonté. Cela, pour un temps du moins, écourtait la punition !

Au comble de l'extase, Berland décocha un coup de pied sous la table à son copain Tréguier, et s'exclama admiratif :

— T'as vu... y a chié dans la main !

Probable que Berland venait d'atteindre un des sommets de sa jeune existence. Il n'était pas le seul.

Tréguier rendit le coup de godillot et reporta son attention radieuse sur l'estrade. Bréjet, redescendu, marchait vers la sortie. Il retenait tant bien que mal sa culotte, suivi par l'une des blouses noires qui, ostensiblement, se pinçait les narines. Mme Lerbier fermait le cortège, son bras tendu devant elle, ainsi qu'une somnambule. L'autre surveillante, frappant le bureau à coups de règle, glapit d'une voix rageuse :

— Taisez-vous, chenapans ! Le premier que je surprends

à ricaner viendra succéder à Bréjet. D'abord, rectifiez votre position !

Elle ponctua son ordre d'un vigoureux coup de règle.

Quelques minutes plus tard, la directrice accompagnée de la surveillante réapparut. Elle gravit pesamment les marches, posa ses poings fermés sur le bureau, fit saillir son menton et déclara, d'un ton où chauffait la colère :

— Certains d'entre vous ont trouvé cet intermède risible. Je puis vous garantir que c'est moi qui rirai la dernière. Pour commencer...

Laissant sa phrase en suspens, elle planta ses binocles sur son long nez et acheva, après avoir parcouru du regard une feuille de papier :

— ... Je vais m'occuper de Berland Marcel. Marcel Berland ! Allons ! Venez ici !

A l'appel de son nom, Berland dressa l'oreille. Que lui reprochait-on ? Il sourit et, d'un coup de reins souple, se dégagea du banc... Ses galoches résonnèrent durement sur le dallage. Il stoppa aux pieds de Mme Lerbier, leva vers elle son visage franc et attendit.

La directrice le toisa, cherchant visiblement à lui faire perdre contenance. Elle n'y parvint pas et l'appela du doigt :

— Monte ici. Monte !

En deux bonds, il fut près d'elle à sa portée.

— Tu sais pourquoi je tiens à te parler ?

— Non, Madame la Directrice.

— « Non, Madame la Directrice ! » ironisa la blouse blanche. Eh bien, je vais te rafraîchir la mémoire ! Tu as refusé à Mlle Brousset, ici présente, de ranger les brosses à chaussures, ce matin. Est-ce vrai ?

— Oui, c'est vrai. Seulement mon tour de semaine est fini depuis hier, et j'ai pensé...

— Peu importe ce que tu as pensé. Un ordre est un ordre. Pour cet acte d'insubordination, j'exige que tu fasses des excuses publiques à Mademoiselle. Et estime-toi heureux qu'elle consente à les accepter.

Mlle Brousset lança un coup d'œil méprisant sur sa collègue en noir. Elle croisa onctueusement ses mains sur son ventre rondelet, donna à sa gueule en forme de coing un air protecteur et susurra, magnanime :

— Je daigne les accepter, pour cette fois.

— Eh bien, nous t'écoutons, reprit la directrice. Fais tes excuses à Mlle Brousset.

— Non, j'y en ferai pas.

Et pour donner plus de poids à sa décision, Berland secouait son crâne d'un blond roux. Les yeux de Tréguier pétillèrent. Il eut chaud au cœur, subitement. Quant à son voisin de droite, l'histoire Bréjet devait lui sembler surclassée, car il exhala dans un soupir de ravissement :

— Ben, mes colons ! Aujourd'hui.

Déroutée un instant par ce minus qui bravait sa toute-puissance, la mère Lerbier s'était ressaisie. Elle courba sa haute taille et, sans souci du ridicule, se mit à crachoter sa hargne dans la figure de Berland qui ne baissait pas les yeux.

— Si, tu vas en faire, des excuses. Et à genoux encore... Tu m'entends ? Tu vas t'exécuter, tout... de... suite... J'exige !

Elle venait de dire « J'exige » d'un ton qui n'appartenait qu'à elle et qu'on redoutait.

La gorge de Berland se contracta, mais sa réplique jaillit sans la moindre hésitation :

— Non, j'y en ferai pas.

La directrice hocha une tête courroucée. Son regard noircit. Elle contourna le bureau, vint se placer derrière le mauvais sujet et, brusquement, lui saisit les oreilles. S'efforçant de résister aux quelque quatre-vingts kilos qui le poussaient en avant, Berland s'arc-bouta. Ramassé sur lui-même, il tint bon un court instant, puis son corps fléchit. Il s'écroula sur les genoux, et se secoua néanmoins pour tenter de se débarrasser du poids énorme qui écrasait ses épaules. En vain. Bien trop faible, le pauvre Berland !

Physiquement dompté, il cessa de se débattre. Son regard vert, seul, luttait encore ; il luisait de fureur.

Au-dessus du jeune crâne tondu, la face de gargouille éructa :

— Tu vas demander pardon à Mlle Brousset. Ton ami

Tréguier nous quitte aujourd'hui, Dieu merci ! Mais toi, tu céderas. Et parle fort, que tous tes camarades t'entendent.

Les blouses noires s'écartèrent de façon à laisser admirer le spectacle... L'exemple du châtiment...

La mère Lerbier se mit à hurler, en cisaillant l'oreille du révolté entre ses ongles durs :

— Demande pardon... demande pardon...

Le visage de Berland vira au blanc. Deux gouttes de sang roulèrent sur les pouces de la directrice. Tréguier dénoua ses bras, et crispa ses mains sur la toile cirée de la table. Il râlait de colère à l'intérieur, Berland et lui étant copains, depuis toujours. Ils avaient quatorze ans tous les deux. Et depuis des années, ils avaient accouplé leur détresse d'orphelins pour en mieux supporter les tristes hasards. Ni l'un ni l'autre n'avaient de famille. Ils ne recevaient aucune visite, aucun colis. Rien. Mais ils s'entendaient bien et cela suffisait à leur bonheur.

Tréguier ne pouvait voir ainsi brutaliser son ami. La haine l'étouffait, et la rage durcissait encore plus son menton carré. Ah ! comme il la maudissait, cette femme, cet ogre femelle qui abusait de son pouvoir, qui terrorisait les enfants confiés à sa garde. La salope ! Deux mois auparavant, n'avait-elle pas forcé le petit Larue, un blondin à l'estomac fragile, à ravaler à quatre pattes ses vomissements sur le carrelage ? Dieu de Dieu ! De quoi étaient-ils coupables ces gosses pour que l'on pût impunément les torturer de la sorte ? Qu'attendaient-ils, les pères de ces orphelins de guerre, pour jaillir de leurs glorieux linceuls de merde et rappliquer au secours de leurs enfants martyrisés par la Patrie reconnaissante ?

Deux sentiments contraires se partageaient Tréguier. D'une part, il souhaitait que Berland ne s'entêtât plus pour que son martyre cessât. D'autre part, il était heureux de le voir s'accrocher. C'était ridicule, mais il était fier de lui.

L'avenir du pays devait sans doute plus ou moins dépendre de la soumission de Berland, car la mère Lerbier n'hésita pas à tomber à genoux aux côtés du récalcitrant. Bien qu'elle se tînt dans la même position que lui, elle le dépassait encore de beaucoup.

— Tu céderas, gronda-t-elle. Tu céderas, je te le jure !

Berland, de la pointe de ses galoches, laboura les planches de l'estrade. Il jeta vers Tréguier un regard d'animal traqué. Puis, tout en essayant de se dégager des ongles qui lui trouaient le croquant des oreilles, gueula :

— Non !

Les gouttes de sang plus nombreuses dérivaient, l'une poussant l'autre sur la jointure des pouces directoriaux.

— Vieille vache !

Hurlée à pleine voix, l'insulte fit qu'au même instant toutes les têtes se tournèrent du côté de Tréguier. C'était lui qui n'en pouvait plus et qui...

Fou de colère, il plongea au milieu de la table vers une pile d'assiettes, en prit une et, sauvagement, il la lança de toutes ses forces. Les crânes rasés se courbèrent instinctivement. L'épaisse faïence passa au-dessus d'eux, frôla d'un rien le prétentieux chignon de la mère Lerbier, avant de s'écraser contre le mur dont il écorcha le ripolin. Aussitôt, un frisson indéfinissable courut le long des bancs. Des exclamations qui se heurtaient saluèrent le geste de révolte et grandirent en un bruit confus, tumultueux, qui grimpa à l'assaut de l'estrade. Le voisin de Tréguier ne pouvait plus refréner sa joie.

— C'que c'est bath !... C'que c'est bath !...

Mais lui, Tréguier, s'attendait au pire. Replié sur lui-même, il chassait machinalement une croûte de pain incrustée dans son coude.

Néanmoins, son geste imprévu venait d'obtenir un effet immédiat : celui de libérer Berland, lequel, frottant ses oreilles ensanglantées, contemplait son copain. Tréguier nota que Mlle Brousset avait abandonné son chef en pleine bagarre. Absente, la Brousset ! Quant à la directrice, elle poignardait convulsivement le bureau avec sa règle.

— Scélérats ! Voyous ! Assez ! Taisez-vous !

Les garçons s'en foutaient. Sous le couvert de l'anonymat, ils se payaient une tranche de lèse-majesté. Des cris hostiles jaillissaient de partout. Mais ce boucan, Tréguier le comprenait bien, n'arrangerait pas ses affaires.

Soudain, le calme se rétablit brusquement. Un calme épais, impressionnant. Les bras se croisèrent à nouveau hypocritement, les bustes se tassèrent. Chaque pupille, aucun ne tenant à être repéré, essayait de se camoufler derrière le plus proche camarade. Une apparition venait d'obtenir ce que la hargne de la dirlo n'avait pu imposer. Dieu le père, en chair et en os, se dressait sur le seuil de la porte. Petit, de forte carrure, ses cheveux blonds soigneusement coiffés encadrant sa face rose de bien nourri, vêtu d'un costume bleu de bonne coupe, M. Morice, le grand patron, examinait les lieux. Ses dents étaient bloquées sur un fume-cigarette en or. Par quel hasard était-il à l'orphelinat, lui qui n'y passait que quelques heures par semaine ? A vrai dire, sauf les jours de fête où il les emmerdait avec un discours patriotique, il approchait rarement les gamins. Fondateur de l'institution, pris par de nombreuses obligations, il se dépensait sans compter, d'après les on-dit, pour défendre les intérêts de ses pupilles de la Nation. Mais ces démarches lui laissaient à peine le temps de s'occuper de la vie même de l'orphelinat. C'était dommage. Car les gosses qui le craignaient pour sa sévérité, le croyaient juste et compréhensif. Mlle Brousset, qu'on apercevait derrière lui, l'avait mis au courant bien sûr, car il ôta le fume-cigarette de ses lèvres et appela, du ton d'un homme habitué au commandement :

— Yves Tréguier ! Approche !

Ce dernier se leva, obéit. A un mètre du directeur, il stoppa en un garde-à-vous respectueux. Son cœur cognait dur. Sous le regard d'un bleu délavé posé sur lui fixement, il trembla. La sueur lui mouillait les reins.

Au bout d'un instant, le directeur détourna son attention du rebelle. Il regarda longuement les débris de l'assiette dont quelques-uns, renvoyés par le choc, criblaient de blanc le bureau noir. Puis, voyant la bouche moustachue de la directrice prête au cri, il agita une main apaisante.

— Je sais, madame Lerbier, je sais...

Ses yeux revinrent sur Tréguier. Il ordonna :

— Berland, va m'attendre devant mon bureau, mais passe d'abord à l'infirmerie. Tu t'y feras nettoyer les oreilles.

Il avait tout remarqué, le fondateur, et certainement ça lui déplaisait de voir du sang sur les oreilles de Berland. On entendit le pas de celui-ci talonner ferme le long corridor. Quand ce bruit de pas se fut éteint, M. Morice, sans quitter Tréguier du regard, se mordilla légèrement les lèvres et murmura, comme à regret, l'air pensif :

— Tu vas fort, Tréguier…

Au même moment, il détendit son bras droit. Le réflexe du jeune gars fut trop lent pour parer. Le dos de la main cueillit de plein fouet sa joue droite. Les os des phalanges cognèrent ses dents et il pirouetta sur lui-même. Le directeur repinça son fume-cigarette entre ses lèvres minces.

— … Va rejoindre Berland devant mon bureau.

II

Le bas des oreilles jauni par la teinture d'iode, Berland s'impatientait près du bureau du directeur. Dans ses poches, ses poings fermés bosselaient la culotte au velours râpé. Le bois de l'estrade avait laissé sur ses genoux deux plaques rondes et blanches, où la circulation du sang n'était pas encore rétablie. Son regard farouche aux aguets s'adoucit lorsqu'il vit son copain. Il shoota dans un ballon imaginaire, grogna :

— T'as vu ce qu'elle m'a filé, la vieille ?

Ce disant, il tourna le cou : les ongles acérés de la mère Lerbier lui avaient transpercé, de part en part, le lobe des oreilles.

— Pourquoi qu't'as pas cédé ? demanda Tréguier en lui grattant le sommet du crâne.

Ce geste témoignait de la tendresse qu'il lui portait. Ni l'un ni l'autre n'ayant connu les douceurs d'une affection, une sorte de pudeur les rendait maladroits dans leurs démonstrations d'amitié.

La bouille ronde de Berland se dérida :

— Si j'avais cédé, qu'est-ce que ça y changerait ? La Brousset peut pas me piffer. Elle m'aura toujours au tournant, non ? Alors ! Quant à la dirlo, j'sais bien... Elle va me priver de bouffer jusqu'à ce que je cale. Je calerai pas !

Pour affirmer sa résolution, il balança de nouveau sa galoche. Pas dans le vide, cette fois : en plein dans la porte sacro-sainte de M. Morice.

De la manche de sa veste, Tréguier frotta aussitôt l'endroit où les clous venaient de rayer la peinture, le sale marron administratif, et dit :

— Tu tiendras pas le coup. Va falloir que tu obéisses. Tu sais bien qu'il faut qu'elle ait le dernier mot. Elle te laissera plutôt crever de faim. Non, le mieux, je crois, c'est que tu t'excuses auprès de la vieille. Qu'est-ce que ça peut t'foutre ?

— Non ! Non ! rugit Berland.

Tréguier freina le pied de son copain qui repartait à l'assaut de la porte. Il sourit, Berland repéra sa joue marbrée.

— Toi aussi ?

— Le singe qui m'a flanqué une baffe...

— Merde...

Ils s'écartèrent rapidement l'un de l'autre, car un pas lent, massif, approchait d'eux. M. Morice les considéra comme s'ils étaient des insectes, posa sa main aux ongles manucurés sur la poignée de la porte et entra, sans tout à fait refermer derrière lui. Retenant leur respiration, comme pour se faire oublier, les deux gamins reculèrent sur les pointes. Un bruit de tiroir ouvert leur parvint et l'odeur d'un tabac étranger leur chatouilla le nez. Ils passèrent sur leurs lèvres une langue gourmande. Ce tabac-là, c'était autre chose que la viorme [1] qu'ils fumaient en cachette dans la forêt, les jours de sortie.

A travers les murs capitonnés de la pièce, la voix atténuée du grand patron s'élevait caressante et légère :

— Allô, chérie, je ne rentrerai pas déjeuner... Non, pas du tout... Un rendez-vous pour un de mes pupilles... Oui... A ce soir...

Un déclic et la voix, ayant perdu toute douceur, appela :

— Tréguier !

Le garçon pénétra craintivement dans le bureau bien chauffé. Le directeur compulsait des paperasses étalées devant lui. Sans lever la tête, il déclara sèchement :

1. Plante grimpante.

— La personne qui doit venir te chercher ne saurait tarder. En attendant, va t'asseoir dans le salon à côté. Et emmène Berland, je le verrai plus tard. Je ne tiens pas à ce qu'il aille à l'école dans l'état où il est.

— Bien, Monsieur le Directeur.

Tréguier, épaté de s'en tirer à si bon compte, fit un demi-tour réglementaire et sortit.

Dans le salon d'attente, Berland posa sans vergogne ses galoches couvertes de boue sur un fauteuil de cuir. Tréguier étala les siennes sur une bergère de reps vert. Accrochés aux murs, trois portraits les dévisageaient. Celui du milieu, un civil d'aspect débonnaire : le Président de la République. A sa gauche et à sa droite, deux militaires imposants : les maréchaux Joffre et Foch.

Des gouttes d'eau séchaient aux vitres donnant sur la cour. La pluie avait cessé. Revêtus de leur grand capuchon, leurs camarades défilaient au pas cadencé. Ils chantaient une marche patriotique, suivant la coutume. Aujourd'hui, « Verdun la Victorieuse » avait été choisi par le « Général » représenté en la circonstance par la mère Lerbier. Celle-ci, du centre de la cour, un sifflet à roulette entre les dents, surveillait ses « soldats ». Sur sa blouse blanche, une pèlerine jetée négligemment lui donnait l'apparence d'un monstrueux corbeau.

Berland scandait la marche en talonnant vigoureusement le cuir craquelé du fauteuil. Tréguier l'accompagnait d'un sifflotement. Comme ils les connaissaient bien, ces airs qu'avaient chantés leurs pères dans les tranchées ! Ces airs qui leur plaquaient au ventre la haine de l'Allemand ! Leurs dirigeants envisageaient peut-être de les gonfler pour la prochaine ? Eux du moins, les fils de tués, élevés comme ils l'étaient, deviendraient, le jour venu, d'excellents guerriers, avec le goût de la revanche et de la tuerie dans le cœur.

Ainsi qu'un colonel menant son régiment à la revue, Mlle Brousset défilait en tête de la colonne. Elle agitait en mesure ses jambes d'échassier. Pour se donner l'air martial, elle abritait son corps d'asexuée sous une pèlerine noire. Si elle avait osé, sûr qu'elle y aurait cousu des galons d'or.

Berland s'éjecta du fauteuil, alla coller son nez à un carreau et dit, sans se retourner, d'une voix enrouée :

— Alors, tu t'débines ? Où qu'tu vas ?

— J'en sais rien. J'peux pas te dire.

— Mais enfin, pourquoi qu'y t'renvoient ?

Tréguier haussa ses épaules, râblées déjà. Il abaissa son regard sur ses godillots, comme pour y trouver la réponse, soupira :

— J'sais pas. Peut-être que j'suis trop vieux pour rester ici.

Berland fit face à son ami. Sceptique, il secoua son crâne tondu.

— C'est pas la vraie raison, dit-il. Non, y a autre chose. Tes évasions, peut-être ?

— Peut-être bien, admit Tréguier.

— Alors, on va nous séparer ? fit Berland d'un ton qui s'étranglait. Mais pourquoi ? Pourquoi qu'on me vire pas avec toi ? Moi aussi, j'suis une forte tête !

Tréguier sourit à son copain. Que pouvait-il lui dire ? Qu'étaient-ils tous deux, sinon deux mômes sans défense, sans famille. Deux gamins un peu plus turbulents que les autres, possible, mais sans plus. Pas méchants en tout cas !

Pourquoi l'auraient-ils été ? Est-ce que les enfants naissent mauvais !

Tréguier, mains dans les poches, s'approcha à son tour de la fenêtre. Il suivit de l'œil la queue de la file qui disparaissait, happée par la petite porte de la rue. Un soupir gonfla sa poitrine. Il ne les verrait plus. Jamais plus. Il se tourna vers son camarade de toujours :

— Tu pourras prendre mon ballon. J'l'ai donné à réparer à la cordonnerie. Et puis...

Il sortit une main de sa poche, l'ouvrit. Sur la paume, une grosse médaille de bronze luisait doucement :

— ... Et puis, reprit-il, prends ça aussi. En souvenir. Je sais que t'en as toujours eu envie.

De plaisir, les yeux de Berland étincelèrent.

— Tu m'en fais cadeau ? s'exclama-t-il, ne pouvant y croire. Oui ? Oh, chouette ! Merci, Yves.

Au grincement de la porte s'ouvrant derrière eux, ils se retournèrent brusquement. Le directeur s'effaçait devant un inconnu :

— Entrez, monsieur, il est là...

Et à l'intention de Tréguier au garde-à-vous :

— Yves, voici monsieur Luvé, ton tuteur. Il vient te chercher. Dis-lui bonjour.

— Bonjour, M'sieu, balbutia Tréguier, mal à l'aise sous le dur regard braqué sur lui.

— Bonjour, grommela l'homme, un colosse carré d'épaules, et de mâchoire. Alors, paraît que tu es rétif, mon garçon ? Va falloir que ça change !

Un gros rire, et :

— Là où je vais t'emmener, ils se chargeront de te dresser.

Tréguier, craintivement, lorgna l'inconnu. Ainsi, ce costaud était son tuteur ? Ça devait être vrai puisque M. Morice l'affirmait. N'empêche qu'il ne l'avait jamais vu. Ou alors, il ne s'en rappelait pas.

— Si nous allions dans mon bureau ? proposa le directeur. Nous devons régler les dernières formalités.

Il fit demi-tour, lança par-dessus son épaule :

— Toi aussi, Berland. Inutile que tu restes seul.

M. Luvé prit place sur une chaise au dossier de cuir patiné. M. Morice s'installa derrière son magnifique bureau. Tréguier, et Berland tout heureux d'être encore en compagnie de son copain, restèrent debout à distance respectueuse. Après un « Vous permettez, monsieur ? », le grand patron glissa une « Camel » dans son fume-cigarette, l'alluma, en tira une longue bouffée, et toussota pour s'éclaircir la gorge :

— Comme convenu entre nous, et au reçu de votre demande, je suis entré en pourparlers avec un établissement plus apte que le nôtre à s'occuper d'Yves. Rassurez-vous, ce n'est point une maison de correction...

L'homme écarta deux mains indifférentes. Après l'avoir scruté quelques secondes, M. Morice observa :

— Ce gosse ne mérite pas ça. J'avoue qu'il s'est montré assez remuant depuis six ans que nous l'avons, mais rien de grave. Des gamineries.

D'innombrables petites rides fusèrent du coin de ses paupières pour aller se perdre vers les tempes, quand il ajouta, mi-rieur :

— Nous en avons tous plus ou moins commis, n'est-ce pas ?

Il tirailla sur son fume-cigarette. Son regard de nouveau sérieux plongea dans celui de l'autre, et il lâcha dans un soupir :

— Enfin... puisque telle est votre décision...

Attirant à lui un dossier relié de bleu, il poursuivit :

— Je n'ignore pas les difficultés que l'on éprouve à élever un grand garçon quand les parents ne sont plus là. Tout de même...

M. Luvé croisa ses jambes, pointa vers le dossier un doigt énorme, alourdi d'une chevalière :

— Nous ne pouvons considérer deux évasions comme des gamineries, monsieur le Directeur. Vraiment pas.

— Je ne les oublie pas, concéda M. Morice, extrayant une feuille du dossier. Quoique le mot évasion me paraisse un peu gros. Disons, fugue, tout au plus. Fugues d'un gamin bourré d'imagination et un peu trop épris d'indépendance, je l'admets. Mais ne dramatisons tout de même pas.

Ainsi qu'il se devait, Tréguier baissait une tête honteuse au rappel de ses exploits.

C'était pourtant vrai qu'il avait tenté, à deux reprises, de quitter l'orphelinat. La dernière de ses escapades remontait à quelques mois. Le cerveau farci de récits d'aventures ayant trait à l'Amérique et à ses Indiens, il s'en était brossé un prestigieux tableau, où la fiction laissait peu de chances à la réalité. Tréguier se représentait ce pays sous un jour plus neuf que ne l'avaient vu ses premiers pionniers. Tout dire... Une fois sa décision prise, rien n'avait pu apaiser sa soif de liberté, d'aventure. Il avait gardé le secret de ses préparatifs. Seul Berland avait été mis dans la confidence. Récréation après récréation, ils n'avaient cessé tous deux de se griser de prairies fertiles, de gibier féroce, de trappeurs armés de gros revolvers et d'Indiens peinturlurés. Ah ! ces Indiens qu'il allait combattre, lui Tréguier... Quel hameçon pour le « tout fou » qu'il était ! Presque aussi cinglé, Berland avait néanmoins refusé de prendre part à l'expédition. Il trouvait ce pays trop loin, disait-il. Mais il assurait son copain de son concours. Il l'avait en effet aidé en constituant une réserve de pain et de bouts de chocolat. Un soir, il la compléta par une boîte de sardines volée à l'école dans le pupitre d'un fils d'épicier. Ce fut encore Berland qui fournit à Tréguier l'objet rêvé pour sa fuite vers la Prairie : un solide cordeau de trois mètres de long. Un lundi après le déjeuner, jour choisi pour l'exécution, Tréguier se l'était enroulé autour de la taille. Complice, son ample capuchon cachait aux regards ses trésors de grand aventurier : une musette contenant les sardines, le chocolat, le pain dont les miettes durcies se perdaient dans sa paire de chaussettes de rechange. Il n'avait pas oublié d'emporter son Atlas de géographie, d'une utilité certaine pour trouver sa route, croyait-il. Dans la poche de sa veste de velours, sa main étreignait une vieille boussole qui ne marchait plus depuis longtemps. (Aucune importance, du reste ! De toute façon, il n'aurait pas su s'en servir.) A la patte gauche de sa bretelle, accroché par une ficelle, se balançait un canif à la lame ébréchée. Quand leur colonne s'était ébranlée pour la Communale, Berland à ses côtés lui avaient demandé :

— Alors, t'es toujours gonflé ? Tu t' barres pour de bon ?

Tréguier s'était contenté de hausser les épaules. Comme s'il allait changer d'avis ! Ne doit-on pas toujours risquer le tout pour le tout ? Berland ne comprenait donc pas qu'il en avait marre de ces misères, qu'il entendait comme les fils de rupins vivre sans contrainte, marcher autrement qu'au sifflet, bouffer autre chose que des farineux, ne plus subir cette autorité lourde, impitoyable qui l'étouffait, le rendait insociable ?

Une vingtaine de minutes de trajet séparaient l'orphelinat de l'école. C'est le milieu du parcours que Tréguier avait choisi pour s'enfuir. Placé au dernier rang, ça lui avait été facile. Un coup d'œil vers l'avant pour s'assurer que les surveillantes jacassaient entre elles, une solide poignée de main à Berland, et il s'était laissé distancer. Il avait attendu, écoutant décroître le bruit familier des galoches et les « Où qu'y va ? », « Qu'est-ce que c'est ? » des pupilles intrigués. Une heure plus tard, sans ennui, il s'était retrouvé devant la forêt bordant leur petite ville. Ses pas, tout naturellement, l'avaient conduit vers ce lieu de promenade des jeudis. En s'engageant sous les branches des arbres toujours dépouillées par l'hiver, une joie profonde l'avait soulevé. Enfin, il les vivait ses rêves d'indépendance, il la tenait cette liberté jamais connue ! C'était beau, unique, inoubliable.

Il s'était enfoncé plus avant, sans cesse plus avant, écrasant de ses galoches cloutées le tapis de feuilles et de mousses roussies. Progressant hardiment, se laissant glisser au fond des sablières, il en regrimpait les versants opposés, en tachant d'une poussière rouge le bas de sa pèlerine. Parfois, stoppant devant un terrier de renard, il cherchait à repérer sur le sol les traces du fauve. A plat ventre, sa tête collée contre l'ouverture, il reniflait goulûment, et l'imagination aidant, des odeurs âcres et fortes qui le faisaient grogner de plaisir lui parvenaient aux narines. Tout l'après-midi, il s'était baladé sans s'inquiéter des chemins suivis. Il se perdit. Pas démoralisé pour autant. Le crépuscule venu, il s'assit au pied d'un gros chêne et, heureux, il goûta sa solitude, troublée seulement par le vol des pigeons cherchant à se poser. La faim le talonnant, il attaqua ses vivres et le pain qu'il dévora lui parut un gâteau savoureux. Il se sentait bien. Au-dessus de lui, de solides branches formaient un support naturel et c'est en se souvenant d'une image du Far West qu'il décida de s'y installer pour la nuit. La corde de Berland trouva là son emploi, il la lia solidement aux branches pour consolider sa couche. Et, sa musette suspendue, enroulé dans son capuchon, il s'endormit au-dessus du sol.

C'est le corps glacé et les membres paralysés qu'au matin il s'éveilla. Il commença à regretter le lit de l'orphelinat, et aussi la soupe distribuée en guise de café au lait. Ces regrets s'évanouirent quand il reprit sa marche et que les rayons d'un pâle soleil se mirent à jouer dans les clairières de bouleaux. Soucieux de distancer les poursuivants, il ne s'arrêta qu'aux environs de midi, la faim l'y obligeant. Comme il avait oublié la clef, il dut écraser sa boîte de sardines avec des pierres. Totalement aplatie, informe, elle ne se rendit qu'à la dernière extrémité. Dans quelles conditions ! Son huile, d'un jet vengeur, imbiba le terreau noir et de sa boîte mutilée, Tréguier ne parvint à récolter que quelques débris qu'il étala sur son pain rassis. Près de là, une cressonnière coupa sa soif. Il tenta bien, pour épargner ses provisions, de se nourrir avec les petites feuilles vertes, mais leur goût poivré les lui fit recracher aussitôt.

En dépit de son maigre repas, il gardait bon moral. Le soleil était haut, la forêt sentait bon la liberté, l'indépendance. Ici, pas de murs pour l'entourer, pas de coups de sifflet pour l'obliger à faire le singe savant, pas de surveillantes pour l'abrutir de leurs cris dictatoriaux. Aussi loin qu'il pût voir, nulle trace d'une cour carrée à arpenter au pas cadencé. Pour lui, ces instants étaient épatants et il en profitait avidement.

Ce plaisir devait peu durer. Deux jours encore il marcha, têtu, rageur, sans rencontrer qui que ce soit.

A présent, la saleté le gagnait. Ses provisions étaient dévorées depuis longtemps. Il ne lui restait plus rien que la ténacité de ceux de sa race, sa volonté d'échapper aux murailles grises. Il ne voulait ni stopper ni se rendre. L'eût-il voulu, vers où se serait-il dirigé ? Il était perdu. Complètement.

Ce fut le quatrième jour que des gendarmes, partis à sa recherche, le découvrirent au pied d'un arbre, grelottant de froid, de faim, de peur aussi.

L'un d'eux, un rougeaud, lui demanda en l'aidant à se relever :

— Où voulais-tu aller comme ça ?

— En Amérique, avait-il murmuré piteusement.

— Pas plus loin qu'en Amérique ? avait blagué le second pandore, un brun aux sourcils terrifiants. Dis donc, Valin, où crois-tu que ces mioches peuvent dénicher ces idées-là ? avait-il ajouté, tourné vers son collègue.

— Qui peut savoir ? avait fait l'autre en haussant les épaules. Peut-être bien qu'il est...

De l'index, il s'était tapoté le képi, d'un geste se passant de commentaires.

Le retour de Tréguier entre les deux flics avaient obtenu un joli succès à l'orphelinat. Les bacchantes de la mère Lerbier frémissaient encore quand elle en parlait. Quant à la « graine de bagne », ainsi qu'elle avait baptisé sur-le-champ l'évadé, il en avait été quitte pour quinze jours de pain sec, additionnés de quelques bonnes raclées.

Les punitions avaient laissé Tréguier indifférent. Ce n'était pas payer trop cher, jugeait-il, le plaisir d'avoir vécu quelques jours en homme libre. Et puis, n'avait-il pas tenté sa chance ? N'avait-il pas osé ? Alors ! Pour lui, cela seul comptait. Toujours, il s'en souviendrait. Ç'avait été là sa deuxième évasion. Sa première n'avait pas eu si grande envergure. Tout bonnement, Tréguier, âgé de dix ans à l'époque, s'était laissé arrêter par un instituteur de la Communale alors qu'il parcourait les rues à la recherche d'il ne savait trop quoi...

D'une voix égale, M. Morice se mit à lire la feuille dactylographiée qu'il tenait à la main. Sur cette feuille se trouvaient consignées, d'un style sans fantaisie, les évasions du pupille Tréguier. A chaque passage marquant, les lèvres de M. Luvé se crispaient un peu plus.

Debout derrière la chaise du tuteur, Berland, de temps en temps, expédiait vers son copain des clins d'œil complices. Complice, il l'avait été. Ne l'avait-on pas rendu responsable de l'absence de Tréguier, en lui reprochant de ne pas l'avoir dénoncé ? Ne l'avait-on pas brutalisé pour qu'il indique où était le coupable ? L'aurait-il su qu'ils en auraient été pour leurs frais. Berland aurait tenu bon... Comme toujours.

Sa lecture terminée, M. Morice replaça la feuille dans le dossier :

— Je ne vous lis pas les notes de Mme Lerbier, lesquelles sont très sévères pour Yves. Je sais que vous les connaissez. Maintenant, je dois admettre qu'il s'est montré un peu trop chahuteur ces derniers mois. Peut-être la discipline de notre orphelinat, dont le personnel est féminin, n'est-elle plus assez ferme pour lui ? Il est possible qu'une institution dirigée par des hommes lui soit plus salutaire et facilite son éducation, mais... je ne suis pas seul juge en la matière. Vous êtes son tuteur, c'est à vous qu'incombe la décision à prendre. Auparavant, je tiens à vous préciser que votre pupille n'est pas plus désagréable que beaucoup d'enfants de son âge et que vous pouvez lui laisser sa chance. Ainsi, monsieur, si vous désirez garder votre pupille avec vous... Monsieur Luvé, le désirez-vous ?

L'intonation émue que le directeur mit dans ces derniers mots arrêta net le roulis ennuyé auquel Tréguier s'abandonnait. Berland et lui voyaient le grand patron sous un jour nouveau. M. Morice, ses deux mains à plat sur le bureau, un peu soulevé de son siège, le buste en avant, guettait la réponse, comme si son sort en dépendait.

— Non. J'agirai comme convenu, monsieur le Directeur, grommela son interlocuteur, décroisant les jambes.

M. Morice se rassit, courba le front et, par contenance, farfouilla dans un tiroir. Au bout de quelques instants, d'une voix neutre :

— Bien, bien... C'est très bien.

Puis :

— Mme Lerbier vous attend. Elle vous remettra le double du dossier d'Yves, ainsi que les affaires qu'il a le droit d'emporter avec lui. Elle vous donnera également l'adresse, et tous renseignements utiles concernant l'établissement où vous conduirez votre pupille.

Il se leva pour signifier la fin de l'entretien ; son regard s'appuya sur Tréguier :

— C'est dommage, Yves, dit-il, que tu n'aies pas eu plus d'aptitudes en classe. Si tu avais décroché une bourse, nous aurions essayé de te conserver un peu plus longtemps parmi nous. L'endroit où tu vas sera plus dur qu'ici. J'espère que tu t'y comporteras comme un grand bonhomme.

Comme le gamin, tête basse, allait s'éloigner, il le retint par le bras :

— N'oublie pas de m'écrire si quelque chose clochait, ajouta-t-il la main tendue. Bonne chance !

Et avec un sourire compréhensif du côté de Berland :

— Tu peux accompagner ton camarade jusqu'à la grille. Dis à Mme Lerbier que je t'y autorise.

Le trio atteignait le bout du couloir, lorsque la voix les rattrapa :

— Tout compte fait, Berland, je crois qu'il serait préférable que tu t'excuses auprès de Mlle Brousset.

Sans attendre de réponse, M. Morice referma la porte de son bureau.

Avant de franchir le seuil de la cour d'honneur donnant sur la rue, Tréguier repoussa du coude la masse de la mère Lerbier qui lui cachait Berland. Alors qu'elle l'engueulait, il lui lança un « merde » retentissant et, empoignant sa petite valise de fibre, courut rejoindre son tuteur qui s'impatientait. La pluie s'était remise à tomber. Berland semblait l'ignorer. La tête passée entre deux barreaux, il laissait les gouttes d'eau marteler son crâne rasé, et pleurait silencieusement, dans un frémissement du menton. Sortant son bras de dessous sa pèlerine, Tréguier l'agita et cria à son copain :

— Te bile pas, Marcel ! A bientôt !

Ils ne devaient plus se revoir. Jamais.

III

La locomotive emportant Tréguier vers son nouveau destin était asthmatique. Elle crachotait une fumée noire mélangée d'escarbilles que la pluie délayait sur les vitres du tortillard. Assis dans l'angle d'un vieux wagon, le garçon contemplait les prairies bordant la voie. En face de lui, M. Luvé l'épiait, un long cigare planté dans sa bouche cruelle.

Tel quel, le paysage grisâtre plaisait au gars. Décidément, il devait être vraiment anormal car, en l'admirant, il lui venait comme des bouffées d'indépendance... comme des envies de s'y incorporer. Cela lui aurait plu de courir dans la nature, de traverser ces champs, ces sillons bourbeux. Il aurait été content de voir un lièvre dresser les oreilles avant de foncer, rapide toison rousse parmi les roux semis d'automne. Quelle joie pour lui s'il avait pu entendre le cacabement des perdrix, le roucoulement des tourterelles, le bêlement des moutons, le mugissement des vaches ! Les vaches ? Quel souvenir pour lui, ces noiraudes bretonnes que jadis, le soir venu, il ramenait à la ferme de ses parents nourriciers, deux bons vieux. Ces braves bêtes qui, le connaissant bien, lui laissaient triturer leurs pis dans la tiédeur de l'étable. Tout ça paraissait bien loin, très loin, déjà... A croire que ça n'avait jamais existé. Aussi, pour que ces bons moments ne disparaissent pas de sa mémoire, devait-il se les rappeler souvent. C'est pourquoi il soûlait sa vue de ce décor qui, par son calme apaisant, évoquait pour lui la campagne de sa jeune enfance. La chaleur du wagon, sa rêverie contemplative le conduisirent, sans le vouloir, au sommeil.

Ce fut son tuteur qui, brutalement, l'éveilla.

— Allez, grondait-il. Debout ! Nous sommes arrivés.

Tréguier se secoua, frotta ses paupières en bâillant. Une ampoule brillait dans le compartiment ; la nuit était tombée. A travers la vitre sale, il put voir une petite station lugubre, mal éclairée.

Son tuteur le pressa :

— Allons ! Allons !

Tréguier se leva. Attrapant son mince bagage, il dégringola du wagon et rejoignit son tuteur, pachyderme silhouette noire égarée sur le quai. Sortis de la gare, ils montèrent dans un tacot. Celui-ci, après de nombreux détours dans des rues sombres, presque vides, stoppa en grinçant devant une grille en fer forgé. Essayant de percer l'obscurité, Tréguier regarda devant lui. Entourant une petite cour pavée, de hauts murs se devinaient derrière la grille. Une maigre lumière filtrait d'une fenêtre. Au centre de la façade, une ampoule surplombait une vieille pendule indiquant sept heures. A part ça, nul bruit, nulle animation ne laissaient croire que la bâtisse fût habitée. Dans un renfoncement, une porte se nichait, percée d'un judas. Près de là, pendait une chaînette. D'un poignet vigoureux, M. Luvé la tira sans perdre de vue son pupille. A côté de la chaînette, une plaque de marbre noir intrigua Tréguier qui s'approcha. Il réussit à lire : « MAISON D'ÉDUCATION SURVEILLÉE. » Les lettres dorées, bien dessinées, étaient jolies, discrètes. Tréguier se souvint que le même genre de plaque décorait la maison d'un oto-rhino où, l'hiver précédent, on l'avait mené lors d'une crise d'otite.

Une toux graillonneuse, un bruit de pas et la porte s'ouvrit brusquement. Un crachat vint s'écraser à leurs pieds. Un homme aux épaules voûtées se renseigna d'un ton rogue :

— Qu'est-ce que c'est ?

— Je viens accompagner mon pupille, dit M. Luvé, pas

du tout démonté par cet accueil. M. Taréchian, votre directeur, m'attend.

Un flot de lumière, jaillissant de la gauche, éclaira le pâle visage de l'homme, ses vêtements usés, sa chevelure emmêlée. De bas en haut, il détailla l'imposante stature du visiteur avant d'observer, plus aimable :

— Drôle d'heure, monsieur, pour nous amener votre rejeton. Enfin, venez, j' vais vous conduire...

Il s'écarta, referma la porte sur la rue et cria devant le carré de lumière :

— Mélanie ! Allume au-dessus de la porte B.

— Tu pouvais pas fermer la tienne ? croassa une voix de l'intérieur. Si c'est pas malheureux ! Toute la bonne chaleur qui fout le camp.

Au même instant, l'un des angles de la cour s'éclairant, le vieux traîna les pieds dans cette direction. Parvenus devant une porte au bois épais, il l'ouvrit, grogna sans se retourner :

— Suivez-moi... Y a qu'à me suivre.

Ils prirent un long corridor aux murs pénibles. A mi-couloir, l'homme bifurqua sur un escalier qu'il se mit à gravir pesamment, en s'aidant de la rampe. Sur le palier, il s'arrêta pour reprendre son souffle, crachota derechef :

— Y a qu'à me suivre...

Nouveau couloir, fermé à gauche d'un mur nu, percé à droite de portes sombres où tranchaient des rectangles de carton blanc. Tréguier déchiffrait au passage : « Bureau de Messieurs les Surveillants », « Bureau de Monsieur le Surveillant-Chef », « Bureau de Monsieur l'Économe ».

Ici, le guide s'arrêta. Pourtant, au fond du couloir, sur une porte plus large que toutes les autres, une inscription, celle-là sur plaque de cuivre, attira l'attention du gamin : « MONSIEUR TARÉCHIAN, Directeur. » M. Luvé également l'avait repérée car, la montrant du doigt :

— Il serait préférable, dit-il, que je rencontre M. Taréchian lui-même, puisque je lui suis recommandé.

Sans s'émouvoir, le vieux visa le crachoir empli de sciure placé contre la plinthe, expédia un long jet de salive qui manqua son but, se décrotta le nez et, dans un haussement d'épaules, trancha :

— Impossible de voir le Directeur, M'sieur. Il n'est pas là. En son absence, c'est M'sieu Prequel, notre économe, qui reçoit les parents.

Cela dit, il heurta à la porte, l'ouvrit en même temps, entra en claironnant :

— Un nouveau, M'sieu Prequel !

Du menton, il désignait Tréguier à un être assis derrière une table-bureau surchargée de paperasses. Puis il repartit, les pieds traînants. Tréguier ôta son béret, déboutonna sa pèlerine pour dégager son cou de l'agrafe qui lui meurtrissait la gorge. Il régnait une chaleur suffocante dans la pièce. De gros nuages de fumée épaississaient l'atmosphère, provenant d'une pipe, éteinte pour le moment, et dont le tuyau rongé, coincé entre des dents noires, révélait l'usage fréquent. La pipe se mit en branle :

— Prenez la chaise que vous voyez là, Monsieur, et asseyez-vous... Monsieur comment ?

— Monsieur Luvé, répondit le tuteur qui prit place sur la chaise offerte. Je vous amène Yves Tréguier. Je suis son tuteur.

La pipe dansa derechef :

— Tréguier ? Tréguier ?... Ce nom me dit quelque chose.

L'économe, haussant vers le plafond des sourcils broussailleux, enchaîna :

— Ah, oui ! Tréguier ! Yves Tréguier est le nom du garçon que nous attendions incessamment. Eh bien, c'est parfait, Monsieur.

Il dut subitement se souvenir de son éducation car, redressant une taille replète, il inclina, au-dessus d'un livre couvert de chiffres, une panse rebondie, barrée d'une chaîne d'or.

— Oui, c'est très bien ainsi, Monsieur, continua-t-il, se rasseyant. Quoique vous arriviez un peu tard...

Elevant onctueusement une main aux doigts boudinés, il devança M. Luvé :

— Ne vous excusez pas. Je comprends parfaitement que

l'on ne soit pas toujours maître de ses horaires. C'est plutôt moi qui vous dois des excuses pour l'absence de M. le Directeur... Il sera navré de ne pas avoir fait votre connaissance.

Le regard de Tréguier, abandonnant les bajoues tremblotantes de l'économe, se reporta sur son tuteur. Celui-ci ronronnait de satisfaction.

— Trop aimable, monsieur l'Économe, disait-il dans un sourire qu'il voulait mondain. Mais il est tard... N'oublions pas le but de ma présence ici.

— Je n'oublie jamais rien, monsieur Luvé, assura l'économe en bourrant de tabac le fourneau de sa pipe.

Il la portait à sa bouche, quand l'homme bien élevé en lui se ravisa. Ses bajoues flasques, malsaines, claquèrent sur son faux col de cellulo taché de graisse :

— Vous permettez, Monsieur ?

— Je vous en prie, monsieur l'Économe, minauda le gorille de tuteur, très Régence à son tour.

Une flamme énorme jaillit d'un briquet en forme d'obus ; un cordon de fumée s'enroula autour de l'abat-jour vert.

— Les papiers concernant votre pupille, vous les avez ? s'informa l'homme derrière sa table... Oui ? C'est parfait.

Attirant à lui le dossier glissé par M. Luvé sur son bureau, il poursuivit sans l'ouvrir :

— Notez que je sais à quoi m'en tenir à son sujet. En prévision de sa venue ici, j'avais réclamé un duplicata de son dossier aux « Orphelins de Guerre ». Vous devez comprendre, cher Monsieur, que, comme toute institution organisée, nous nous efforçons de connaître les antécédents de nos sujets. Cela nous permet de mieux déceler leurs tares et facilite notre système éducatif.

D'un air complaisant, il admira ses ongles endeuillés, et continua sur le mode prétentieux :

— Notre système est d'ailleurs excellent. Après quelques mois de surveillance, nous sélectionnons les bons élèves et les envoyons travailler en ville. Chacun d'eux est, suivant les tendances qu'il nous a montrées, placé soit dans un garage, soit dans une industrie quelconque, s'accordant au mieux avec ses capacités. Ils y font leur apprentissage et sont rétribués aux tarifs en usage pour ces divers emplois.

Les sourcils de M. Luvé se froncèrent subitement. L'homme à la pipe le remarqua. Un rire secoua sa bedaine, qui s'en alla donner contre le bois du bureau.

— Non, non ! précisa-t-il, une fois calmé. Ne croyez pas que ce sont les pupilles qui encaissent leur paie ! Non ! Nous avons un marché passé avec les employeurs, qui nous règlent ici même. L'apprenti, lui, n'a rien à y voir. Nous versons une partie de son salaire sur un livret de caisse d'épargne. Le reste, bien entendu, nous sert à couvrir nos frais, qui sont élevés. Autre chose : sous aucun prétexte l'apprenti ne doit découcher, ni manquer un seul des repas pris en commun ; ce qui le maintient constamment sous notre tutelle.

— Tout de même... Vous devez avoir pas mal d'évasions, dans ces conditions ? grommela M. Luvé en décochant un coup d'œil soupçonneux vers son pupille.

La remarque de M. Luvé fit, derrière le bureau, se cabrer la masse de viande.

— Ne croyez pas cela, Monsieur ! s'offusqua l'économe qui enchaîna, s'adressant à son interlocuteur, mais en menaçant le gamin du regard : Nous avons eu à en déplorer quelques-unes, évidemment ! Seulement leurs auteurs n'ont pas eu le loisir de s'en vanter près de leurs camarades. Sitôt repris, sitôt déférés devant un tribunal qui, lui, n'admet pas d'excuses. Il solde tout par des condamnations très sévères. Aussi, je vous le répète, ces évasions sont exceptionnelles. Quant aux fortes têtes, susceptibles de montrer le mauvais exemple, nous les bouclons ici. Nous les employons aux travaux intérieurs de l'établissement, ou dans nos ateliers d'ajustage ou de menuiserie. Si, malgré tout, ils persistent à jouer au plus malin, les colonies pénitentiaires de Belle-Île, Mettray, Eysse ou Aniane, ne sont pas faites pour les chiens. Et là, je vous fiche mon billet que, de gré ou de force, ils marchent droit.

Un autre cordon de fumée partit à l'escalade de l'abat-jour ; l'économe ramena son regard sur M. Luvé :

— ... Nous sommes, si vous préférez, l'antichambre des maisons de correction.

Au passage de cette formule, un sourire appréciateur retroussa les lèvres du tuteur. L'économe poursuivait avec ses « Nous » qui commençaient par flanquer le trac au gamin :

— Nous sommes obligés parfois de nous montrer fermes avec nos garçons, monsieur Luvé. Mais, croyez-le bien, nous parvenons toujours à nos fins.

Ôtant sa pipe de sa bouche, il lâcha dans un sourire cauteleux :

— C'est du reste la base de notre institution. On nous confie des lascars qui ont tendance à mal tourner, et nous, nous en formons des hommes capables d'affronter la vie, tête haute.

Son sourire se figea. Il recoinça la pipe au coin de ses lèvres ; sa main s'abattit brutalement sur le dossier :

— Je suis au courant des évasions de votre pupille, de ses bagarres, etc. Ça lui passera, monsieur Luvé. Nous nous en chargerons.

Tréguier, malgré lui, ressentit un malaise. La chair de poule hérissa ses mollets nus.

De son gousset, l'économe extirpa un oignon cabossé, le consulta. En geignant, il mit debout son corps gélatineux, vint le camper devant Tréguier. Une senteur rance émanait de lui.

— Alors, mon garçon, dit-il, je suppose que tu n'as pas mangé avant ton arrivée ?

— Non, M'sieu.

— Bon, je vais te faire conduire au réfectoire où tu vas trouver tes nouveaux camarades.

Et, déplaçant sa masse fétide vers M. Luvé :

— Avec votre permission, Monsieur, je vais l'expédier à table. Sa présence est inutile pour les dernières formalités.

Il entrebâilla la porte, cria dans le vide du couloir :

— Monsieur Oudié ! Monsieur Oudié ! Êtes-vous là ?

Une porte claqua, des chaussures crissèrent dans le couloir. Quelqu'un pénétrait dans la pièce. Une odeur bizarre, inconnue de Tréguier, lui fit tourner la tête. Derrière lui se tenait un nègre aux épaules bien prises, aux flancs minces. Deux yeux charbonneux, striés de fibrilles rouges, le dévisagèrent. Sur l'ébène du visage, de larges cicatrices balafraient une joue. Cela rappela à Tréguier une gravure d'école : un nègre à demi nu qui dansait autour du feu en brandissant une lance. Il frissonna ; la chair de poule de ses mollets s'accentua.

— Monsieur Oudié, dit l'économe en regagnant son bureau, voici monsieur Luvé. Et son pupille, Yves Tréguier, qui est des nôtres désormais. Veuillez le mener au réfectoire, s'il vous plaît.

Le Noir s'inclina vers M. Luvé et dit, d'une voix agréable à l'oreille :

— Enchanté, Monsieur. Je l'emmène tout de suite, monsieur Prequel ?

— Oui. Nous l'habillerons demain. Pour ce soir, qu'il reste tel quel. Autre chose... Si j'ai bonne mémoire, c'est à votre dortoir que ce garçon est affecté ?

— En effet, monsieur Prequel. Son lit est préparé.

— Parfait. Demain, je vous entretiendrai plus longuement à son sujet.

Le regard de l'économe s'empara du gamin :

— Allons, Tréguier, dis au revoir à ton tuteur.

Le gosse se baissa pour empoigner sa petite valise de fibre. Quand il se redressa, un gros rire muet secouait l'économe. L'homme, un doigt tendu vers le crâne de Tréguier, expliqua son hilarité :

— Il nous a devancés. Nous n'aurons pas à le passer à la tondeuse demain matin.

Rouge de honte, Tréguier tendit la main à son tuteur :

— Au revoir, M'sieu.

M. Luvé négligea la main offerte. A pas lents, Tréguier gagna le seuil. Avant qu'il l'eût franchi, sa paume libre, avec hésitation, frôla le chambranle. Par-dessus son épaule, il chercha gauchement l'endroit où était son tuteur, son unique famille.

— Au revoir, M'sieu, murmura-t-il, une dernière fois.

Le son de sa voix ne dut pas parvenir jusqu'à M. Luvé, car ce dernier ne broncha pas.

Doucement, pour ne pas faire de bruit, Tréguier tira la porte à lui, puis s'en alla rejoindre le surveillant qui l'attendait en haut des marches.

IV

A la suite du surveillant, Tréguier descendit l'escalier qui le ramena dans le couloir. Cette fois, ils prirent la direction opposée. Au bout de ce couloir, le Noir fit grincer un verrou. L'air du dehors vint rafraîchir le front de Tréguier. Durant une seconde, il eut l'impression que l'autre lui rendait sa liberté. Qu'en aurait-il fait ? Le Noir avait allongé le bras dans l'ombre ; une lampe s'éclaira au-dessus d'eux. Le gamin put se rendre compte qu'il se trouvait dans une avancée de cour. Tout de suite sur la droite s'élevait un bâtiment en Fibrociment : de son rez-de-chaussée s'échappait, à travers des carreaux dépourvus de rideaux, une laide lumière que la brume refoulait. Dans le prolongement de ce bâtiment, il pouvait deviner la cour proprement dite, noyée dans le brouillard de novembre. Sur la gauche, une muraille dressait ses moellons menaçants. Tout était silencieux.

Le surveillant l'attira par son capuchon :

— Arrive, dit-il. Si tu veux bouffer un morceau, faut te dépêcher.

Il poussa une porte à deux battants encastrée dans le Fibrociment et fit passer Tréguier devant lui. Le bruit des cuillères grattant des assiettes d'étain cessa ; et des yeux hostiles dévisagèrent Tréguier. Il y avait là une centaine de garçons, de quinze à vingt ans, assis sur des bancs autour de deux immenses tables parallèles dont la disposition, au fer à cheval près, rappela à Tréguier le réfectoire de son orphelinat. Là s'arrêtait la ressemblance. L'estrade, au lieu d'être placée à l'entrée, comme à Saint-Jean, se dressait dans le fond, au milieu des deux tablées. Alors que là-bas, des globes de couleur laiteuse renvoyaient une lumière chaude, accueillante, ici une tristesse hargneuse tombait des fils de fer protégeant les lampes fixées au ras du plafond. Les murs ripolinés de Saint-Jean plaisaient à l'œil ; ici, le Fibrociment glaçait l'âme. Les tables, dépourvues de toile cirée, montraient le bois nu, crasseux, rongé d'initiales. Et au lieu de la bonne tiédeur du chauffage central, une faible chaleur émanait d'un poêle conique, situé au centre du réfectoire et qui ne devait chauffer que dans un rayon extrêmement restreint.

L'homme, de carrure impressionnante, décidément, ils paraissaient costauds, les dirigeants de cette maison, et qui se tenait debout sur l'estrade à côté d'un bureau en forme de caisse, haussa un sourcil interrogateur vers l'entrée :

— Qu'est-ce que c'est, Oudié ? aboya-t-il à travers la longueur de la salle.

— Un nouveau, Bertrand. Et il n'a pas mangé, répliqua le Noir. Va là-bas, le monsieur va s'occuper de toi, ajouta-t-il avec une légère tape dans le dos de Tréguier.

Puis, à l'intention de son collègue, il hurla :

— Je retourne au bureau, mais je reviendrai chercher le nouveau. Il couche chez moi... A tout à l'heure !

Intimidé, toujours chargé de sa valise. Tréguier s'avança vers l'estrade. Il n'osait regarder les garçons qui l'épiaient. Comme il doublait le poêle, il entendit ricaner :

— T'as vu le môme ? Vise son froc. Parole, il est en culotte courte ! C' qu'il a l'air con !

Rougissant, Tréguier baissa la tête et poursuivit son chemin. Ce n'est que lorsque ses galoches aux bouts ferrés heurtèrent la base de l'estrade, qu'il se décida à lever le nez.

— Ton béret ! dit en guise de bienvenue l'homme debout près du bureau.

— Mon quoi ? fit le gamin, perdu dans son appréhension.

La voix monta d'un ton :

— Ton béret ! Tu ne comprends pas, non !

— Pardon, M'sieu, murmura Tréguier, ôtant la galette de drap dont, machinalement, il s'était recoiffé.

— Comment t'appelles-tu ?

— Yves Tréguier, M'sieu.

— Apprends qu'ici, on ne dit pas Monsieur, mais Chef. T'as saisi ?

— Oui, M'sieu.

— Nom de Dieu ! tonna l'homme. Tu t'fous de ma gueule ?

Rejetant sa peur, le gamin parvint à bredouiller :

— Non, Chef... Excusez-moi, Chef.

Sa réponse dut satisfaire le surveillant, car il laissa tomber sur le crâne rasé un « Ça va ! » radouci. S'emparant d'un morceau de craie, il inscrivit le nom de Tréguier sur un tableau noir accroché derrière lui et ordonna, en s'essuyant les mains :

— Va t'asseoir près de l'entrée, à la table de Blondeau.

Et il cria, comme le « bleu » s'éloignait :

— Blondeau, tu auras le nouveau avec toi. Trouve-lui une assiette et un couvert pour ce soir. Démerde-toi. Nous l'équiperons demain.

Un solide gaillard vêtu d'un treillis grisâtre se dégagea d'un banc ; de loin, il fit signe à Tréguier. Celui-ci refit en sens inverse le chemin parcouru. Comme il se glissait entre le poêle et l'un des bancs, un pied lui crocheta la jambe. Il s'écroula en avant, lâchant sa valise qui s'en fut échouer sous une table. Un sabot la lui réexpédia en pleine face, alors qu'il tentait de se relever, gêné qu'il était par sa pèlerine. Des rires canailles, provenant de partout, accentuèrent sa maladresse. Un choc lourd, suivi d'un bruit de pas précipités, ébranla le sol sur lequel il était étendu.

— Quel est le corniaud qui lui a joué ce tour ? demanda sévèrement le surveillant. Qui ! Allons, qui ? Vous ne voulez pas le dire ? Toute la table à Molina sera de réfectoire deux mois de suite, acheva-t-il, regagnant son bureau aussi rapidement qu'il en était descendu.

Tréguier, à genoux, se frotta la pommette à l'endroit où

la valise l'avait cogné. A l'un de ses cils, une larme perlait. Au même moment, une poigne vigoureuse le soulevant par l'aisselle le remit sur pied. Blondeau, le garçon qui devait le prendre en charge, se tenait devant lui. Sa physionomie était rude, son menton énergique, ses yeux d'un gris perçant, mais le tout s'éclairait d'un sourire amical. D'un doigt de l'autre main, Blondeau attrapait la ficelle qui fermait la valise.

— T'as pas de mal, gars ? s'enquit-il d'une voix rauque, rassurante.

— Non, ça ira, dit Tréguier, lui rendant son sourire.

— Bon, amène-toi, j' vais te trouver à becter.

Il entraîna Tréguier vers son coin, lui fit prendre place à ses côtés. En s'asseyant, Tréguier rectifia son erreur du début. Ce qu'il avait pris pour une seule tablée se composait de plusieurs tables, coupées les unes des autres par un passage suffisant pour un corps.

— Ce soir, tu vas être obligé de bouffer dans mon assiette, déclara le garçon qui lui était venu en aide. Seulement t'arrives trop tard pour la soupe. Elle est rebarrée à la cuistance.

Il eut un rire de la gorge, poursuivit :

— Mais t'as rien paumé. C'était de la flotte avec des croûtons de pain. Pas vrai, les gars ?

Tréguier regarda ses nouveaux compagnons. Leurs sourires muets, ironiques, confirmaient la déclaration de Blondeau. Celui-ci, après un coup d'œil vers l'estrade, reprit, de son accent faubourien :

— Voilà, quand cette table est au complet, on est douze. C'est moi qui la drive. Ici, pas de passe-droit. Chacun sa part, c'est tout. Maintenant, je vais te présenter les copains. En face de toi, c'est Frigo. Trois piges qu'il est ici. Il s'en plaint pas. Si on le refoutait en liberté, où qu' c'est qu'il irait ? Il a jamais vu la queue de ses parents. Rien ne l'épate, c'est pourquoi on l'appelle Frigo.

Le vis-à-vis de Tréguier, un gars de dix-sept ans, un brun au visage poupin, ouvrit la bouche et laissa choir :

— Salut !

— Bonjour, Frigo, murmura Tréguier.

— A côté de lui, continua Blondeau, c'est l'Ajusteur. Il a seize ans. Si tu lui vois cette perruque, c'est qu'il bosse en ville et qu'il est sérieux. Plus tard, toi aussi, si tu t' tiens peinard, t'iras gratter dehors et ils te laisseront pousser quelques centimètres de tes tifs. Sans ça, tu garderas ta boule de billard.

Blondeau pointa un doigt vers le voisin de l'Ajusteur, un type peu étoffé, nerveux, aux yeux fureteurs, et poursuivit :

— Celui-là, c'est le Rat. C'est son vrai blaze. On n'a pas eu besoin de lui coller un surnom ! Il a déjà une gueule de fouine. C'est pas un mauvais mec, mais si t'es pas pote avec lui, fais gaffe à tes profondes ! Il fauche tout ce qui lui passe sous la griffe. Son père s'est fait buter au casse-pipe et sa mère tapine du côté de Belleville.

Le regard de Blondeau pencha plus à gauche :

— Près de lui, c'est Jo-la-Feuille. Comme tu peux le noter, il a comme le Rat le crâne passé au papier de verre. Donc, il ne turbine pas dehors. Il est électricien... Qu'il dit ! En vrai, il s'occupe à bousiller l'installation intérieure de la boîte. On l'a baptisé « la Feuille », parce qu'il est sourdingue.

— Il est dur de la feuille, dit Tréguier, pour dire quelque chose et étaler ses connaissances d'argot.

Blondeau sourit :

— C'est ça même. T'as pigé. Pour en revenir à Jo, les jours de visite ses vieux se déguisent en courant d'air. Il les a jamais vus.

La figure longue, osseuse, de la Feuille se dérida : sa surdité ne l'empêchait point de deviner qu'on parlait de lui.

Une porte, que Tréguier n'avait pas remarquée, s'ouvrit à gauche de l'estrade. Apparut une procession de garçons en treillis. Un surveillant les accompagnait. Sur un geste sec de sa main, la file se disloqua. Chacun se dirigea vers sa table. Leur surveillant rejoignit son collègue.

Blondeau, du coude, toucha Tréguier :

— Le grand maigre qui s'amène vers nous, c'est Fil-de-Fer. C'est le brochet de la table. Avec lui, faut veiller aux rations. Quand il est de corvée de soupe, j'ai toujours peur qu'il planque du rata dans ses poches. Blondeau soupira. Ses yeux riaient. Il expliqua :

— J'aime bien Fil ; c'est mon copain. Mais plus y bouffe, moins il engraisse ; j'y comprends rien. Paraît que ses parents sont bourrés d'oseille, mais ils viennent jamais le voir. J' crois qu'y s'en fout, dès l'instant qu'il a quelque chose à claper. C'est aussi le cerveau de la bande ; il a été au lycée, comme les gosses de rupins. Derrière lui, enchaîna Blondeau, le p'tit qui porte le pain et le broc, c'est l'Astucieux, un de l'Assistance publique. On l'a baptisé comme ça parce qu'il entrave jamais rien. Il est bouché. Les gaffes ont beau cogner dessus pour l'obliger à bosser, il fait tout de traviole.

— Il ne va pas en ville, remarqua doucement Tréguier en contemplant le crâne lisse du garçon, un maigrichon aux yeux ahuris.

— Bravo ! s'esclaffa Blondeau entre ses dents. Tu t' fais vite, gars. D'où qu' t'arrives donc ?

Le regard gris scrutait Tréguier avec bienveillance. Il se sentit en terrain sympathique ; cela acheva de dissiper son malaise du début.

— D'un orphelinat de guerre, répondit-il, prenant le bout de pain que lui tendait Blondeau.

— Ah ! fit celui-ci, c'est pourquoi que t'es fringué comme ça ! Ça m'étonne plus.

Blondeau termina le partage des boules de pain avant d'en pousser les tronçons vers le centre de la table. Lorsqu'il enfonça la louche dans le plat d'étain posé devant lui par Fil-de-Fer, son nez se fronça :

— Merde ! Encore leur putain de ragoût, jura-t-il. C'est pas à composer des menus que le cuistot attrapera une méningite. Envoyez vos galtouses, les gars !

En rang d'oignons, les assiettes incassables s'alignèrent devant le plat fumant. Dix fois la louche émergea du récipient ; la sauce visqueuse, les patates mal épluchées furent distribuées honnêtement. Pour la onzième fois, Blondeau plongea la louche, en gratta les parois du plat et déclara :

— Le p'tit nouveau becte dans ma gamelle, aussi je prends

double porcif. Tiens, tu te serviras de ma cuillère, ajouta-t-il, plaçant entre eux son assiette débordante. N'attends pas, pioche dedans !

A l'autre bout de la table, on entendait Fil-de-Fer rouspéter :

— Même pas un carré de viande dans leur saleté de ragougnasse !

— T'as dû la bouffer en route, blagua l'Ajusteur, dont les lèvres dégoulinaient de sauce.

Malgré sa surdité, Jo-la-Feuille renchérit :

— Sûr ! Sûr qu'il l'a bouffée, le gueulard !

Frigo posa ses deux billes d'agate inexpressives sur Blondeau :

— Tu verses pas le pinard, Louis ?

— Si, dit le « caporal d'ordinaire ». Fais passer les quarts.

Une eau à peine rougie vint emplir les quarts individuels. Quand Blondeau eut achevé la distribution, il tendit le sien à Tréguier :

— Bois, dit-il.

Tréguier avala le liquide avec plaisir. Ça le changeait du coco qu'il s'était envoyé durant six longues années. De son restant de pain, il finit de torcher l'assiette de son nouvel ami. Il nettoya même les initiales L. B. profondément gravées à l'intérieur, à l'aide d'une pointe de couteau. Blondeau, d'un plissement de paupières, approuva ce geste.

— C'est bon signe, gars. Dès l'instant qu' tu bouffes le premier jour, c'est que tu tiendras le coup. Y en a, quand ils rappliquent ici, qui peuvent plus avaler. Y chialent et réclament père et mère... Y a de quoi se marrer ! J' le dis toujours, les plus coriaces, c'est les mecs qu'ont pas de famille. Comme ils débarquent de l'Assistance ou d'ailleurs, ils sont déjà habitués à ramasser des gnons sur le coin de la gueule, et à sauter à la corde à l'heure des repas.

Tréguier s'inquiéta :

— Ils vous battent, ici ?

L'œil pénétrant, à la pupille rétrécie, de Blondeau vint le cueillir de biais. Il devait se demander si le nouveau se moquait. Devant sa mine attentive, son regard perdit de son acuité.

— On peut pas dire qu'y nous chatouillent avec des plumeaux, répondit-il enfin. Quand les gaffes se mettent à trois, quatre sur un gniard et qu'ils le roulent à coups de godasse, si t'appelles pas ça être battu, alors y n' nous battent pas : y nous bordent.

Tréguier, devant les massives épaules de Blondeau où les muscles semblaient devoir faire éclater le tissu du treillis, laissa percer son étonnement :

— Pas toi, tout de même ?

— Hé ! hé ! lâcha Blondeau, depuis quatre piges que j' suis ici, y s'en sont pas privés. J'avais à peu près ton âge à mon arrivée. Toi, tu as ?

— Quatorze ans aujourd'hui.

— Drôle d'anniversaire... Eh bien, c'était ce que j'avais quand on m'a transféré ici. J'en ai bientôt dix-huit et j'avoue que j'tiens plus à prendre de jetons. C'est pas que j'aie les chocottes, note bien, mais j' veux rester peinard pasqu'un jour j'espère être libéré.

— Où qu't'iras ?

— J' resterai dans le bled. Faut t' dire, j' turbine en ville... J' suis mécano dans un garage où le patron est chouette avec moi. Je pense que tu l'as remarqué ? ajouta-t-il, pointant son pouce sur son front surmonté de petites bouclettes blondes, tirant sur le roux.

— Bien sûr, fit Tréguier en riant.

Soudainement songeur, Blondeau, du doigt, fit rouler sur le rebord de son quart une goutte d'eau rosée et reprit :

— J' sais pas comment y te traitaient à ton orphelinat, mais ici tu vas en roter. Aussi, méfie-toi, serre les dents et tâche d'éviter les emmerdements. Ça sera pas d' la tarte ! poursuivit-il en écrasant la goutte d'eau. Les gaffes, eux, te foutront à peu près la paix si tu obéis. Mais c'est des pupilles qu'il faudra te la donner. Y vont t' faire chier... J' me souviens qu'à mes débuts, j' devais m' bagarrer tous les soirs pour m'imposer. Aussi, un conseil : si on te cherche, tape-toi... jusqu'au bout.

Blondeau parut jauger la résistance physique du nouveau et conclut, dans un haussement d'épaules :

— C'est l' poing qui fait la loi ici... Rien d'autre.

Tréguier frissonna ; son angoisse le reprenait. Il promena en douce un long regard sur sa tablée. Silencieux, il comparait les jeunes gars qu'il venait de quitter et ceux qui l'entouraient. Quelles pouvaient être les pensées de ces enfants trop vite vieillis, aux faciès rudes, aux yeux inquiets perpétuellement en alerte ? Que leur avait donc appris la vie pour que, dans leurs prunelles, s'allument déjà ces lueurs méfiantes de types habitués à se garer des coups durs ? Tréguier ne sentait pas en eux la jeunesse insouciante de ses copains de Saint-Jean. Là-bas, quelque chose de frais, de spontané, jaillissait des propos. Ici, les bouches closes par des mâchoires contractées ne laissaient passer que des mots mâchés par la prudence. Là-bas, malgré tout, les visages étaient plus ronds, plus roses ; ici, les traits paraissaient burinés par la misère et le vice. Même ceux qui n'avaient pas le crâne tondu, les plus raisonnables, n'offraient guère un meilleur aspect. A les détailler ainsi, Tréguier prit peur. Pour cacher son trouble, il courba le front, les dents plantées dans sa lèvre inférieure.

— Ça va pas, gars ? murmura Blondeau à son oreille.

Tréguier fit face aux yeux gris. Il y discerna de la surprise, puis de la compréhension.

— Tiens bon, p'tit ! l'encouragea Blondeau, lui tapotant l'épaule. Ça va s'tasser ! Pour te changer les idées, j' vais finir de t' présenter les potes. A ta gauche, c'est la Tomate. Six marqués qu'il est avec nous. Il a juste une pige de plus que toi. C'est un bon type. On l'a baptisé « la Tomate » parce qu'il a une gueule de macchabée. Lui non plus n'a pas de famille ! Mais il te bourrera la caisse avec l'histoire de son tuteur qu'est soi-disant une huile dans l'industrie. Il essaiera aussi d' te faire avaler que l'autre va l' prendre plus tard comme secrétaire.

— Faut lui laisser ses illusions, soupira le Rat.

— C'est sans doute pour l'instruire qu'il l'a foutu dans notre collège, son tuteur..., renchérit Frigo.

— Là-bas, c'est Bras-d'Acier, continua Blondeau, désignant un être chétif et maladif. On a toujours le trac qu'un coup de vent l'emmène par-dessus les murs. Il est devenu cinglé à force d' se branler toute la journée. Enfin le dernier, au bout, c'est le Légionnaire. Un Parigot. Son père s'est fait flinguer à la Légion...

Tiens, un collègue ! Tréguier expédia un geste d'amitié vers l'extrémité de la table, se retourna vers Blondeau :

— Tu m'avais dit qu'on était douze ! Il en manque un !...

— Il a pris la « vingt et une » la semaine dernière, déclara tranquillement Frigo, qui se curait les dents avec un éclat de bois taillé à même la table.

— La vingt et une quoi ? s'exclama Tréguier, les yeux ronds.

C'est Blondeau qui traduisit :

— Bouclé jusqu'à sa majorité, à la colonie pénitentiaire de Belle-Île. Il est barré d'hier. Comme il avait dix-sept longes, il lui en reste encore quatre à tirer. V'là c' que ça veut dire.

— Il a fait quelque chose de mal ?

Le cure-dent de Frigo quitta sa bouche :

— Coups de couteau...

— Oh ! fit Tréguier.

Blondeau soupira :

— Pas de quoi se biler pour si peu. C'est des trucs qu'arrivent. Armagnac, qu'y s'appelait. Un joli nom ! Bref, y s'est battu dans la cour avec un autre gars. Ils avaient chacun une lame. Comme c'est Armagnac qu'a tapé le premier, c'est lui qu'a affuré... Il a même affuré quatre ans de taule. L'autre est à l'hosto pour son égratignure.

L'œil vague, Frigo conclut, philosophe :

— Ça aurait pu être le contraire : Armagnac à l'hôpital, l'autre à la « vingt et une » !

Le ton désinvolte dont ses nouveaux camarades s'entretenaient d'un aussi grave sujet consternait Tréguier. Etait-ce possible ? Des coups de couteau ? Ça l'entraînait loin de ses petites batailles de gosses, où l'enjeu ordinaire était une poignée de billes et qui, au pis-aller, se soldaient par un genou écorché. Il comprit qu'il se trouvait projeté dans un monde inhumain, impitoyable. Jamais plus que ce soir-là il ne devait maudire son destin.

Blondeau, courbant son vaste torse, jeta au bout de la table :

— Reporte les plats, Fil ! Plus que cinq minutes...

Effectivement, à peine Fil-de-Fer avait-il repris sa place, qu'un coup de sifflet venu de l'estrade stoppa net les conversations.

D'un seul mouvement, tous les pupilles se levèrent. Chacun, couverts et assiette en main, se mit à l'extérieur de son banc, face à sa table. Second coup de sifflet : comme un seul homme, les corps virèrent sur la gauche. La porte par où Yves était entré s'ouvrit en grand ; le surveillant nègre apparut. Les mains dans le dos, il resta adossé à l'un des battants. Un troisième sifflement retentit ; la note en était aiguë, impérative. Tous les sabots se mirent à battre la mesure sur place. On voyait remuer les lèvres épaisses du Noir, qui scandait pour lui seul le « une-deux ». Sur un signe de sa main, les deux files du centre s'ébranlèrent et se rejoignirent pour passer devant lui. Les premiers venaient tout juste de disparaître dans l'obscure avancée de cour quand des cris s'élevèrent, des galopades de sabots... « Donc, c'est qu'on va pas s' coucher tout de suite », songea Tréguier.

Après la rangée du centre, celles côté cloison démarrèrent à leur tour. Comme Tréguier arrivait à la hauteur du surveillant noir, celui-ci, lui happant le bras, le tira du rang.

— Reste là aussi, dit-il à Blondeau, qui marchait derrière Tréguier.

Il attendit que le dernier pupille fût sorti avant de reprendre :

— Blondeau, le gosse couche dans mon dortoir. Tu me l'amèneras quand il sera l'heure. Je compte sur toi !

— Oui, Chef, rigola Blondeau. Me v'là changé en nourrice ?

Le Noir esquissa un rictus...

V

Blondeau lavait son assiette sous un robinet logé dans une anfractuosité. Près de là, Tréguier, sagement, patientait. En dépit de la densité de la brume, il apercevait mieux la cour, car à présent des lampes l'éclairaient sur son périmètre. Elle paraissait longue d'une soixantaine de mètres, large de cinquante. Disposés tous les dix pas, sauf dans l'espace conduisant de l'avancée de cour à la cour proprement dite, de petits poteaux en ciment soutenaient une toiture de zinc, formant préau. Un ruban de ciment, allant des poteaux aux murs, recouvrait le sol. Sous la toiture, fixées à des chevrons, des ampoules poussiéreuses, carapacées de grillage, laissaient couler une lumière livide sur la piste cimentée, usée en son milieu par des milliers de sabots. La plus grande superficie de la cour, celle à l'air libre, se composait de terre et gravier mélangés.

Blondeau secoua son assiette pour la sécher et dit :

— Viens, tu vas faire le tour du proprio.

Ils prirent la piste de gauche, longeant une bâtisse en meulière, d'un seul étage, que des fenêtres en ogive, munies de barreaux, perçaient à intervalles réguliers.

En passant devant une porte brune, Blondeau annonça :

— Dortoir A.

Ils poursuivirent leur route. Nouvelles fenêtres, nouvelle porte.

— Dortoir B, lâcha Blondeau en la dépassant.

Peu avant d'atteindre l'angle de la cour, il s'arrêta devant une troisième porte, la dernière.

— Voilà le C, déclara-t-il. C'est ici qu' je pionce et où tu vas ronfler, toi aussi. Le dortoir C, c'est le secteur du Gobi.

Machinalement, Tréguier se retourna. Par-dessus le préau, il lorgna une impressionnante muraille dont le faîte se perdait dans la nuit. Répondant à Blondeau, il s'étonna :

— Du Gobi ?

— Oui, Oudié, le Noir. On l'a baptisé le Gobi.

— Ah bon ! fit Tréguier sans établir de rapprochement entre ce surnom et le désert de Gobi dont parlait son Atlas.

— Colle ça sur mon lit ! dit, à la Tomate qui entrait au dortoir, Blondeau en lui tendant, avec son propre couvert, la valise de Tréguier. Puis, fourrageant sous sa veste de treillis, il en ramena un paquet de cigarettes tout aplati. Il en prit une, et s'informa :

— Tu fumes ?

— Ben...

— Oui, ça va, j'ai compris, dit-il devant les yeux brillants d'envie du gamin. Sers-toi.

La première bouffée fit tousser Tréguier.

— C'est le brouillard, dit-il, confus.

Blondeau rit en approuvant :

— T'as raison, il est maous. Viens, on va se baguenauder.

Pour échapper à une surveillance trop active, les pupilles, désertant les abords du réfectoire, avaient reflué vers le fond de la cour où l'on ne distinguait que des masses d'ombres, d'où jaillissait parfois le bout incandescent d'une cigarette.

Aucun cri joyeux ne troublait le silence des lieux. Pourtant, n'était-ce pas la récréation ? Seuls, de temps à autre, un rire gras, des raclements de sabots crevaient le brouillard de plus en plus épais. C'était tout.

— On n'entend pas beaucoup de bruit, remarqua Tréguier.

Le claquement sec de ses galoches ferrées s'accordait aux gifles lourdes que les sabots de Blondeau collaient sur la piste cimentée.

— Non, en effet, reconnut l'aîné. Les gars sont occupés à flamber ou à combiner entre équipes pour faire péter la réserve aux vivres.

— Occupés à flamber quoi ? fit Tréguier, intrigué.

Un gloussement lui fit regretter sa question.

— Qu'est-ce que tu crois qu'ils flambent ? plaisanta l'ancien. Des omelettes ?

— Heu...

Blondeau éclata d'un rire puissant, communicatif. Tréguier l'imita, sans trop savoir pourquoi. Sous l'une des lampes, Blondeau retint le nouveau par le bras. Un reflet amical adoucit la dureté de ses yeux perçants. Il expédia une bourrade au gamin et dit, de sa voix mâle :

— Bougre d'idiot ! Flamber, ça veut dire jouer. Tu l' savais pas ?

— Ma foi non.

— J' vois ce que c'est. D'où tu débarques, y n' jactent pas l'argot... y faudra t'y habituer. Ici, on n'emploie pas d'autre langue. Allez, radine, on va les regarder jouer à la passe.

— Flamber à la passe, rectifia Tréguier, lui emboîtant le pas.

Dans le noir, les dents de Blondeau étincelèrent. Il acquiesça :

— Bravo ! Autant t'y mettre tout de suite.

Au fur et à mesure de leur balade, Tréguier repérait des pupilles qui, béret rejeté en arrière, mains dans les poches, mégots rougeoyant au coin des lèvres, se tenaient accotés au grand mur gris. Ils rêvassaient, l'œil vague, sans parler.

Tout au fond, sous une lampe grillagée, un groupe de garçons formaient un tas indistinct d'où fusaient des jurons. De ses musculeuses épaules, sans se soucier des gueulements, Blondeau se fraya un passage dans cette masse. En le reconnaissant, les autres s'écartèrent sans pousser plus loin leurs rouspétances. Se faufilant dans le sillage, Tréguier parvint ainsi au deuxième rang ; le premier était composé de garçons accroupis dans le rond inscrit par le reflet de l'ampoule.

— C'est la partie à Molina, chuchota Blondeau à son oreille.

Du menton, il désignait un colosse, assis sur ses talons, juste en face d'eux.

Tréguier avait à peine remarqué Molina au réfectoire, où cependant il occupait la table voisine. Ici, sous la lumière crasseuse, il pouvait le détailler à son aise. Molina était puissant. Tout en cet adolescent d'une dix-huitaine d'années donnait l'impression d'une force extraordinaire. Dangereuse surtout. Cela se sentait… Son teint était mat, très foncé. Son visage s'ombrait d'un béret aux pointes cassées sous lequel on devinait le crâne tondu. Ses bras, un peu courts pour sa taille, gonflaient le treillis ; ils s'achevaient par deux mains brunes, aux phalanges saillantes, qui devaient savoir cogner. Et durement. Malgré le froid, sa veste s'ouvrait sur son cou énorme, planté sur de solides épaules. En dépit de l'incommode position, il tenait son buste droit d'une façon naturelle. Plus blanche, la peau d'un de ses genoux se laissait voir par la déchirure du pantalon et mettait une note blême sur le gris du treillis. Rabattues sur ses sabots de bois, ses chaussettes de coton incolore laissaient ses chevilles à nu.

Molina allongea vers le plus proche de lui, Frigo en l'occurrence, une main large, la paume à l'air, et dit d'une voix éraillée, grasseyante :

— A toi de rouler, Frigo. A combien qu' tu pars ?

— Vingt ronds, répondit celui-ci en faisant sauter deux dés dans le creux de sa main.

De l'autre, il lançait une pièce. Molina l'attrapa au vol, et déclara :

— Y a vingt ronds à faire… Allons !

Il prononça le dernier mot d'un ton impératif. Une pièce tomba sur le sol, entre ses sabots. Il la ramassa, jeta un coup d'œil vif sur un gars de dix-sept ans environ, debout près de Tréguier, et ricana :

— C'est toi qui couvres, le Bègue ? Pas possible ! T'as dû chouraver la caisse de ton atelier !

Puis, reportant son regard sur Frigo :

— Allez, roule ! C'est fait.

Le poing fermé, Frigo imprima deux, trois mouvements brusques à son poignet, détendit son bras, ouvrit la main. Les petits cubes de galalithe tournoyèrent sur le ciment avant de s'arrêter.

— Sept ! annonça Molina.

Frigo récupéra les dés.

— Quarante bourgues à faire, reprit la voix éraillée. Qui les veut ?

— Rou... Rou... Roule, émit avec difficulté le Bègue qui venait de perdre.

Les pointes du béret de Molina se soulevèrent.

— Envoie la fraîche, dit-il.

Une pièce de deux francs vint rebondir sur la piste. De sa grosse patte brune, Molina l'effaça prestement.

— Pars, Frigo, commanda-t-il.

Les dés dansèrent sur le ciment.

— Onze ! clama Molina lorsqu'ils s'immobilisèrent. Allons, les joueurs ! Y a deux laranques à faire ! Qui les veut ?

— Me... Me... Me... Moi, s'époumona le Bègue, laissant choir deux autres pièces.

Frigo n'avait pas attendu qu'elles touchent le sol pour renvoyer les cubes blancs tachés de points noirs.

— Onze encore, remarqua Molina. Trois abattages de suite ! T'es en forme, Frigo. Tu portes le tout ? Oui ? D'accord !... Alors huit balles à couvrir ! Qui dit banco ?

Le Bègue vivement allongea la main. Au bout de ses doigts tremblait un billet de vingt francs chiffonné. Il les ouvrit ; le billet virevolta dans le cercle de lumière.

— Ça va, Frigo, dit Molina, défroissant le billet sur son genou à nu.

Impassible, Frigo souffla sur son poing fermé, donna l'élan à son poignet, lâcha les dés. Ils stoppèrent sur un quatre et trois.

— Sept ! claironna le teneur de partie.

Il dressa sa face cruelle, aux méplats accentués, en direction du Bègue et grommela :

— Alors, Bégayeux, t'abandonnes ?

— Non, hoqueta celui-ci, je... je... je couvre. Et il expédia de quoi compléter la somme.

— Bravo, appuya Molina. Balance tes bobs. Frigo. Laisse pas refroidir ta pogne.

Les dés amenèrent encore un sept par six et as. Le front du Bègue s'inonda de sueur. La perte lui était pénible, c'était visible. Un rictus découvrit les dents saines de Molina. Pour accroître le trouble du Bègue qui, fébrile, fouillait dans un porte-monnaie au cuir éraflé, il trancha méchamment :

— Ecrase, le Bègue ! La main passe... T'as pu de pognon ! A un autre ! Y a trente-deux francs à couvrir... Qui dit oui ?

— Me... Me... Moi, hurla le Bègue cramoisi de fureur, retournant son porte-monnaie ouvert, mais vide.

D'une chiquenaude, le chef de partie repoussa son béret sur sa nuque et aboya :

— Aboule ton oseille ! On joue pas sur parole ici. Tu t' crois pas dans un cercle d'officiers, non ? Envoie ton article ou la main passe.

Pour devancer les pontes possibles, le Bègue, convulsivement, agita la main.

— J'ai dit que... que... que j' couvrais, trépigna-t-il en écartant brusquement sa veste.

Sans dégrafer sa ceinture, il tira sur sa chemise. L'un des pans apparut, et formait une bosse, nouée par une ficelle. De ce coffre-fort imprévu, il extirpa deux billets de vingt francs, plus froissés que le premier.

— T'avais ta planque, le Bègue, railla le Rat, jaloux.

Dans tous les regards convergeant à présent vers l'inutile pan de chemise, brillaient des lueurs cupides. Tréguier l'enregistra. « Doit pas faire bon laisser son bien à portée de leurs doigts ! » songea-t-il.

Sans prendre le temps de se rajuster, le Bègue jeta ses deux derniers billets aux pieds de Molina. Celui-ci les tapota, désigna le ciment à Frigo.

— Soixante-quatre au gagnant ! Balance tes bobs.

Flegmatique, Frigo approcha son poing de son oreille, à croire qu'il voulait ausculter la chance. Il agita son poignet.

L'on entendit le cliquetis, puis vivement il rabaissa son bras, ouvrit la main. Les dés roulèrent, s'arrêtèrent au centre.

— Onze ! gueula Molina. T'as affuré, Frigo ? Six abattages de suite... J'ai rarement vu ça !

Un murmure connaisseur parcourut l'assemblée pendant que Molina prélevait six francs pour lui (sa dîme de teneur de partie). Sous les regards d'envie, il mit le reste dans la main de Frigo, moins les huit francs qui revenaient au Bègue, reliquat de la monnaie de ses billets.

— Tiens, ramasse ton oseille, dit-il à ce dernier. T'as pas été veinard.

Le Bègue semblait pétrifié. Une salive blanchâtre tachait ses lèvres. De cramoisi, son teint était devenu livide. Le devant de sa chemise sale retombant sur son pantalon, la fixité anormale de ses prunelles lui donnaient l'air d'un fou. Il avança la main ; ses ongles griffèrent la paume de Molina, récupérèrent les huit francs. Il les contempla amoureusement, en silence. Puis subitement, un bras menaçant pointé sur le teneur de jeu, il dit d'une voix faible, saisissante quand même parce qu'il ne bégayait plus :

— Tu m'as volé. T'es en cheville avec Frigo. Vos dés sont plombés.

— De quoi ? goguenarda Molina.

Sous les regards braqués sur lui, le Bègue se troubla, mais poursuivit néanmoins :

— Ou... Oui, tu m'as... as volé ! Y... y... y a pas de pe... pe... points dans tes dès. Y n'y a que... que... que... que... que... que des sept et des onze !

Le regret de l'argent perdu fut plus fort que la peur qui paraissait l'étreindre car, sautant au milieu du cercle, de toute sa rage il balança son pied vers le caïd accroupi devant lui. D'un étonnant réflexe, Molina protégea sa tête en présentant l'épaule. Puis se servant du sol cimenté en guise de tremplin, d'une furieuse détente de ses avant-bras, il projeta ses quelque quatre-vingts kilos de chair et d'os. Le Bègue ne put rétablir son équilibre ; le crâne du teneur de partie vint lui défoncer le nez.

Dans un calme qui révélait une longue habitude, les pupilles s'étaient écartés pour laisser le champ libre à la rixe.

La Bègue avait culbuté en arrière. Sa chemise retroussée découvrait sa poitrine où les côtes saillaient. Entraîné par son élan, Molina avait boulé sur lui mais s'était relevé aussitôt. L'autre geignit, tourna la tête... Trop tard. Décoché à toute volée, le sabot au bout pointu de Molina lui écrasa l'oreille.

Le choc sourd, douloureux, se répercuta en Tréguier. Machinalement, il porta la main à son cou. Cette bagarre l'effrayait. Il abaissa son regard sur le Bègue qui, aux trois quarts assommé, gisait sur le dos, bras en croix. Du nez, de l'oreille du garçon, le sang pissait. Une mare rouge, près de la tête, s'élargissait. De ses lèvres s'échappait un gémissement faible, continu, comme la plainte que lâchent quand ils souffrent les tout-petits. Molina, sans s'occuper de personne, se baissa pour ramasser son béret. Tréguier put voir les nombreuses cicatrices qui sillonnaient son crâne rasé. Posément, le chef de partie se recoiffa. Son regard à l'éclat hargneux fit le tour des pupilles, s'arrêta sur le Bègue. En silence, il considéra son adversaire, s'approcha, et subitement haussa son pied au-dessus du visage ensanglanté. Une pause voulue, et il le rabattit d'un coup violent ; le talon de son sabot écrasa la joue blême. L'un des bras du Bègue remua, s'éleva — était-ce pour demander grâce ? — puis retomba, chose morte, sur le ciment. Epouvanté, Tréguier s'agrippa à la veste de Blondeau, bafouilla :

— Mais il va le tuer ! Vous dites rien ?

Blondeau ralluma le mégot collé à ses lèvres, soupesa Tréguier d'un œil bizarre et répliqua, rejetant par la bouche une fumée mélangée de brouillard :

— Bah ! t'en verras bien d'autres. Tiens ! Rapprochons-nous, les joueurs vont remettre ça.

C'était vrai. Le cercle se reformait sous la lampe comme si de rien n'était. Molina venait de reprendre sa place, les dés sautaient de nouveau dans sa main. Il demandait, de son timbre de voix particulier :

— Allons, les gars ! A qui de rouler ?

Tréguier se retourna sur le Bègue. L'un de ses camarades, l'ayant adossé à un pilier, lui tamponnait la figure avec le pan de chemise qui avait servi de cachette à ses économies.

Le choc des dés sur le ciment ramena Tréguier à la partie. Frigo avait-il bénéficié d'une chance rare avec des dés normaux ? Ou bien avaient-ils été changés après la bagarre ? Son successeur n'abattit qu'un quatre, par trois et as. Il renvoya les dés pour amener son point, mais un sept le freina, lui faisant perdre son enjeu. Pour mettre en valeur son honnêteté, Molina commenta le coup :

— Voyez qu' les bobs sont pas truqués ! Quand j' pense que ce Bégayeux... Ce fumier ! Heureusement que vous avez confiance en moi, hein les gars ?

Le menton à toucher la poitrine, son regard mauvais au ras de ses sourcils fournis, il guettait des approbations. Il obtint quelques murmures, ce fut tout. Au même instant, Tréguier croisa son regard ; il en éprouva un malaise. Molina se mit à le détailler lentement, crûment, de ses pupilles noires d'une fixité sauvage. A mesure que se prolongeait son inspection, sa lèvre supérieure se retroussait sur ses dents faites pour mordre. La gêne de Tréguier se muait en une peur inconnue, incompréhensible. Instinctivement, il tenta de se dissimuler derrière Blondeau. Le manège n'échappa point à un gros rouquin, au visage tacheté de son, accroupi à côté de Molina, car il grogna vers ce dernier :

— Dis donc, Angélo, on croirait qu' tu fous le trac au nouveau !

— Hé ! hé ! blagua le teneur de partie tendant le cou pour mieux voir Tréguier. J' suis pourtant un bon mec ! Il est giron, c' môme ! J' me l' ferais bien !

Des rires complices accueillirent sa déclaration.

Molina, après avoir retenu son pourcentage, expédia de la monnaie à un joueur qui venait de gagner et, de l'index, appela Tréguier :

— Approche. Viens près de moi. Tu flambes pas ?

Le rouge aux joues, Tréguier secoua doucement la tête. L'attention était générale.

— Ça fait rien, reprit Molina. Viens quand même à côté de moi !...

Et négligemment, en frappant du dos de la main sur son voisin :

— Barre-toi de là, Rouquin, que mon p'tit pote s'installe.

Tréguier tenta de se cacher entièrement derrière les larges épaules de Blondeau, mais celui-ci, sans ôter les mains de ses poches, fit refluer les gars, l'isola face à face avec Molina.

— Eh bien, p'tit ! s'impatienta le teneur de jeu. Qu'est-ce que t'attends ?

Désemparé, Tréguier lança à Blondeau un regard suppliant. L'ancien parut ignorer cet appel. Ses yeux étaient froids, indifférents. Ses lèvres ne se desserraient pas du mégot qu'elles coinçaient. Sa mine était soucieuse. On aurait juré qu'il attendait quelque chose.

Vexé, Tréguier détourna la tête. D'un bond, il franchit le cercle de lumière, et s'assit près de Molina.

— Y s'apprivoise, ironisa le teneur de jeu.

Il tapota le genou de Tréguier, alluma une moitié de cigarette, la lui tendit en clignant un œil :

— Fume, p'tit. Comment que c'est ton blaze ?

Au contact des doigts bruns, Tréguier ne put refréner un recul. Néanmoins, comprenant qu'il ne pouvait agir autrement, il se saisit du mégot.

— Yves Tréguier, répondit-il, essayant d'être naturel.

— Eh bien, Yves, fume, dit Molina. Avec moi, t'auras tout c' que tu voudras. Et personne te cherchera d' suif.

Il se pencha sur Tréguier. Son haleine chaude, poivrée, chatouilla l'oreille du nouveau. Il susurra :

— Où qu' tu pages ce soir ?

— Au dortoir C, lâcha le gamin, étonné de la question.

Molina se renversa en arrière, éclata de rire.

— J' suis verni, hoqueta-t-il. Pas d'erreur, j' suis verni.

Il reprit son sérieux, se repencha sur Tréguier, murmura, les yeux troubles :

— Bon. Quand tout sera éteint, j'irai te rejoindre dans ton plumard.

Intrigué par cette décision bizarre, le nouveau dévisagea Molina, se demandant où l'autre voulait en venir. A part le trouble du regard, la physionomie de Molina restait impénétrable. Pour trouver réponse à ses doutes, Tréguier considéra les figures qui l'entouraient. Il n'y lut que du cynisme teinté d'hostilité. Le découragement s'empara de lui. Chose qui ne lui était jamais arrivée, il faillit chialer. Une larme vint border sa paupière, et il renifla pour ne point qu'elle tombe, pour ne pas qu'elle ouvre le chemin à d'autres.

C'est Frigo qui donna l'explication. Sa voix creva le silence :

— Molina veut qu' tu deviennes son môme. T'as pas pigé ?

Furtivement, Tréguier essuya sa larme. Stupéfait, il interrogea :

— Pour quoi faire ?

Un rire moqueur, cynique, secoua l'assistance.

Du regard, Frigo chercha Tréguier. Dans ses billes d'agate, ne se décelait aucune animosité, mais pas de sympathie non plus. Il précisa.

— Y veut tout simplement qu' tu deviennes sa gonzesse, quoi !

Quelque chose se brisa en Tréguier. Un voile se déchira. Il se releva d'un bond. Il tremblait.

— Ah non ! hurla-t-il de toutes ses forces. Vous êtes fous ?

Une main, qui lui parut d'un poids énorme, s'abattit sur sa joue. C'était Molina qui, non moins rapide que lui, venait de le frapper. Tréguier serait tombé si le teneur de jeu ne l'avait empoigné par sa pèlerine.

— Faudra que t'y passes, grondait-il entre ses dents serrées. J' te jure que t'y...

— Laisse choir, Angélo, l'interrompit une voix calme, aux accents traînants. Puisqu'y dit non...

Quand il reconnut la voix de Blondeau, l'espoir rebondit en Tréguier. Il tourna le cou vers lui. Jambes légèrement écartées, mégot pendant des lèvres, mains hors des poches, Blondeau se tenait en retrait du cercle de lumière. Deux fentes très minces, sous ses sourcils d'un blond doré, ne laissaient filtrer du regard que deux pointes inquiétantes d'un gris ardoise. L'épaisseur du brouillard n'empêchait pas de remarquer, au bout de son poing droit, une lame aiguë. L'un des types, derrière Tréguier, s'exclama étonné :

— Qu'est-ce qu'y lui prend à Blondeau ! Lui qui se mêle jamais de rien d'habitude...

Comme pour la bagarre précédente, tous les pupilles s'éloignèrent, cette fois avec plus de précipitation. Le type derrière Tréguier ajouta :

— Merde ! Les deux caïds face à face ! On n'a jamais vu ça...

De l'admiration perçait sous les mots du garçon. Seul Tréguier restait sous la lampe. Il ne songeait pas à dégager son capuchon, toujours étreint par la poigne de Molina. Sans lui rendre sa liberté, le teneur de jeu, de la pointe du sabot, repoussa un dé oublié sur le sol et dit, hochant sa tête farouche, aux reflets de cuivre :

— Qu'est-ce qui t'arrive, Louis ? Pourquoi t'intéresser à ce p'tit mec-là ? Depuis notre dernière bataille, y a deux piges, on était bien d'accord pour éviter toute bagarre nous deux. Pas vrai ?

— C'est vrai, admit Blondeau. Mais cette fois, le coup est pas le même.

— C'est-y qu' tu voudrais garder c' môme pour toi ? ricana Molina, lâchant enfin la pèlerine.

Environnée de brume, la masse de Blondeau exaspérait par son immobilité. Sa voix perça le brouillard ; elle paraissait venir de très loin.

— Déconne pas, Angélo. Tu sais bien que j' mange pas de ce pain-là.

— C'est bien pourquoi j' me demande ce qui te pousse à t'occuper de mes affaires, gronda Molina après avoir craché à terre.

Blondeau avança d'un pas. Dans son poing droit, la lame bougea : reflété par l'ampoule, un bref éclair jaillit, fulgurant.

— Parce que ce gars t'a dit non, dit-il. C'est c' que je voulais savoir. Et puis...

Un silence s'écoula, et il acheva dans un débit plus précipité, menaçant :

— ... Et puis ce gosse n'est pas un fils à papa. Y vient de se farcir six piges d'orphelinat. Si tu crois qu'il a pas droit à ce qu'on lui foute la paix, dis-le !

Si décidée, si brutale était l'intonation de ce « Dis-le ! » que Tréguier sursauta et s'écarta vivement. Sans perdre de vue Blondeau, Molina se tassa lentement sur ses jarrets. Sa main coula dans la poche de son bourgeron. On entendit un déclic d'acier. Il se tint ramassé, prêt à bondir. Affolé, Tréguier se porta vers Blondeau, implora :

— Te bats pas. Ça en vaut pas la peine.

Sans cesser de surveiller Molina, Blondeau l'écarta de son poing armé, sans brusquerie, mais avec une sorte de force nerveuse.

— Débine ! ordonna-t-il, sans desserrer les dents.

Le danger se précisait. La mort venait d'entrer dans le cercle de la misère. Tous les pupilles se dispersèrent en vitesse. Le zinc du préau vibra sous le roulement de leurs sabots. Tréguier recula pas à pas, la peur aux tripes. Il ne fallait pas... il ne fallait pas... Un souvenir de prière monta de son âme affolée : « Not' Père qui êtes aux cieux... » Dans sa frousse intense, ses lèvres remuaient faiblement : « Not' Père qui êtes aux cieux... » « Not' Père qui êtes aux cieux... »

Son appel dut être suffisant, car une cloche, carillonnant au loin, rompit l'envoûtement malsain qui rôdait autour du cercle de lumière. Molina se détendit légèrement. Il parla le premier, d'un ton où la rancœur couvait :

— Ça va, Louis... Passons la main... C'est mieux. On n'a rien à affurer à se faire la guerre tous les deux ! D'accord ?

— Comme tu voudras ! répliqua le défenseur de Tréguier sans se départir de son calme insultant. Il cligna des paupières pour repérer le gamin : Tu viens, Yves ! C'est l'heure d'aller se pioncer.

Sur le seuil illuminé du dortoir C, se tenait le surveillant noir. Lorsque tous les pupilles furent rangés sur deux colonnes devant lui, il cria par-dessus les premiers rangs :

— Blondeau, t'as amené le nouveau ?

— Oui, Chef, marmonna l'interpellé. Il est là.

— C'est bon, reprit le Noir. Allez, entrez un par un, et sans bousculade.

A la suite de Blondeau, Tréguier pénétra dans une pièce rectangulaire, mal éclairée. A gauche de l'entrée, sur le sens de la longueur, s'alignaient, se faisant vis-à-vis, deux files d'une vingtaine de lits chacune. Sur la droite, au centre de la largeur, se trouvait aménagée une sorte de cabine où un drap coulissant remplaçait la porte absente. Du pouce, Blondeau l'indiqua à Tréguier :

— Va attendre là. Le gaffe va s'occuper de toi.

Le surveillant referma sur le dernier entrant, décrocha la liste d'appel pendue derrière la porte, parcourut le dortoir du regard. Au pied de leurs lits, béret à la main , les garçons le guettaient au garde-à-vous. Le Noir commença. A chaque nom, une voix répondait « Présent ! ». Machinalement, en poursuivant la lecture de la liste, il aboya :

— Armagnac !

Le silence s'abattit.

— Nom de Dieu ! Où est Armagnac ? rugit-il, s'approchant du premier lit, celui de Jo-la-Feuille.

Nullement impressionné, le garçon désigna ses oreilles, donnant à sa figure un air d'abrutissement complet, parfaitement réussi. Les yeux furibonds du Noir roulèrent dans leurs orbites. Il se tourna vers le Rat, voisin de Jo-la-Feuille :

— Et toi, sais-tu où est Armagnac ?

— Ben voyons, Chef ! répliqua l'interpellé de son ton de gouape, vous savez bien qu'il est au ch'tard !

— Au cht'ard ?

Le Rat agita son index. On aurait cru un professeur sermonnant un écolier.

— Ben voyons, Chef, tout de même !... Vous avez déjà oublié qu'Armagnac a été transféré à Belle-Île ?

Sa bouche s'arrondit d'incrédulité. Il lâcha un « Oh ! » scandalisé, sous les rires assourdis du dortoir. Une gifle claqua sur son museau. Les rires s'éteignirent. Le gaffe écuma :

— Quel est le crétin de corvée de semaine qui a oublié de rayer le nom d'Armagnac ?

L'Astucieux sortit de la travée de droite.

— C'est moi, Chef.

— Ainsi, c'est toi ? remarqua le Noir dans une volte-face rapide. Bougre de cochon ! Je ne sais ce qui me retient de te foutre mon poing sur la gueule.

Ses lèvres se relevèrent dans une grimace et il ajouta, tout en compulsant sa liste :

— Tu seras de goguenots pendant huit jours. Je veillerai moi-même à leur propreté.

L'Astucieux, se bouchant les narines, rentra dans le rang.

— Vous pouvez faire vos lits, tonna le surveillant lorsque l'appel fut achevé. Dépêchez-vous de vous coucher. Dans dix minutes, j'éteins.

Et, vers Tréguier :

— Arrive, que je te montre ta place.

Le gamin suivit le Noir dans l'allée centrale, où un poêle, jumeau de celui du réfectoire, dégageait autant de calories qu'un iceberg. Dans le prolongement du poêle, il y avait une table de près de deux mètres, contre laquelle s'accotaient deux bancs aux pieds trapus. Devant un lit perdu dans la file de gauche, le Noir s'arrêta :

— Voici ton lit. Blondeau va te le faire pour ce soir. Une seule démonstration doit suffire. Souviens-t'en. Hé ! Blondeau ! appela-t-il. Viens préparer le plumard du nouveau.

L'adolescent, dernier de la rangée, sans lâcher un mince matelas de varech qu'il soulevait d'une main, se retourna. En voyant Tréguier, ses yeux s'allumèrent et il sourit. D'un négligent coup de poignet, il renvoya le matelas sur les trois planches servant de sommier et s'amena en rassurant :

— C'est bon, Chef, j' vais m'en occuper.

D'un doigt, il portait par sa ficelle la petite valise de Tréguier. Il la lui tendit :

— Tiens, range ton trésor sous ton pieu. Si t'as quelque chose à quoi tu tiens, tu m' le confieras. Ici, ils seraient capables de t' le faucher.

— J'ai rien de valeur, dit Tréguier, accrochant sa pèlerine à un clou, au-dessus de son lit. Juste quelques bricoles : deux paires de chaussettes, une liquette de rechange, des crayons et un Atlas de géographie.

— En effet, t'es pas bien rupin, remarqua Blondeau. Quoique tes fringues, ça les gênerait pas de t' les engourdir. Quant à ton truc, là, heu... ton... Atlas ? Je m' demande c' que tu vas en foutre ici !

— J'ai pas l'intention d' m'en servir, dit le gamin. C'est un souvenir d'un copain de la Communale.

D'une chiquenaude, Blondeau fit gonfler un polochon puis l'expédia à l'extrémité du lit. Tout en s'activant, il expliquait la manœuvre :

— C'est pas compliqué. C'est des pageots militaires. Et ça...

Il secoua un grand sac de toile grisâtre :

— ... c'est tes draps. T'étale ce sac sur ton matelas, tu bordes dessus tes deux couvrantes et t'as pus qu'à t' glisser par le haut. T'es chez toi. Le matin, tu replies tout le bordel et tu l' disposes au pied de ton pucier. C'est tout. T'as pigé ?

— Oui, répliqua Tréguier en riant. C'est à peu près comme là-bas, sauf qu'on avait de vrais draps et que la peinture des lits était blanche, au lieu d'être noire. En plus, on avait des sommiers à ressorts, pas des planches comme ça.

— T'étais dans un véritable palace, gars ! sifflota Blondeau. Allez, bonsoir !

Indécis, Tréguier le regarda s'éloigner. Ce fut plus fort que lui, il le rappela :

— Blondeau !

L'adolescent revint sur ses pas.

— Quelque chose qui cloche, garçon ?

Sans répondre, Tréguier se baissa. Il attira à lui sa valise, en dénoua la ficelle. Il farfouilla sous son barda, en sortit sa belle chemise où pas un bouton ne manquait, et, la dépliant, plongea son bras dans l'une des manches. Quand sa main se referma sur la demi-plaque de chocolat, son cœur se mit à battre plus vite. Il la rompit en deux, en tendit une moitié à Blondeau.

— Pour toi, dit-il, sans oser lever les yeux.

De son poing fermé, doucement, Blondeau souleva le menton de Tréguier. De l'étonnement se lisait sur son visage.

— T'es plus rupin que je pensais, railla-t-il d'une voix enrouée. Où qu' t'as eu ça ?

— J' l'ai échangé contre des billes, confessa Tréguier, avec la crainte de l'avoir froissé.

Blondeau baissa son poing, repoussa le chocolat, dit :

— Garde-le. Tu seras heureux d' le retrouver.

La physionomie du nouveau devait exprimer ses sentiments, car Blondeau, se ravisant, sourit :

— Ça va, donne. Merci beaucoup et bonne nuit.

Il s'éloigna, croquant dans la tablette, et Tréguier en éprouva du contentement. En un rien de temps, il se dévêtit et se coula par l'orifice de son sac. La nuque à plat sur son polochon, il lorgna son camarade de droite. Celui-ci, un noiraud, pas mal de gueule, se mirait dans une glace de poche en métal, calée sur son polochon. Avec un peigne cassé, il tentait de réussir une raie dans le centimètre de cheveux qui lui ornait le crâne.

Tréguier regarda vers le lit de gauche. Fil-de-Fer, le goinfre, l'habitait. Assis sur son lit, les cuisses à l'air, il mordait dans un quignon de pain qui paraissait plutôt rassis. De l'autre main, il récoltait la crasse réfugiée entre ses doigts de pied et, après chaque épisode, il élevait la main à ses narines, reniflait bruyamment, bouffait un morceau et, sans perdre un instant, reprenait son boulot. Se rendant compte de l'attention que lui portait Tréguier, il lui dédia un sourire amical et déclama, d'une voix pointue, haut perchée :

— La nourriture et l'hygiène, fils, y a que ça de vrai pour faire de beaux hommes.

Tréguier rit. Ce Fil-de-Fer lui plaisait. Machinalement, son œil se posa sur la travée de droite, sur Molina. Il cessa de rire. Debout sur son lit, totalement nu, le caïd passait une vieille serviette sur son torse viril. Son lit faisait face à celui de Blondeau. Fil-de-Fer suivit le regard du nouveau et le renseigna dans un clin d'œil.

— Blondeau et lui occupent le coin des gros bras... Tout

contre le mur et le plus loin possible du surveillant. Quand t'arrives à coucher dans un de ces plumards, c'est que t'es un caïd. En quelque sorte, c'est une consécration. Tu saisis ?

— Oui, fit Tréguier, désireux de plaire au grand diable.

Fil-de-Fer renifla ses doigts avant de poursuivre :

— Note bien que j' les envie pas. Pour aboutir là, il a fallu qu'ils se tabassent comme des forcenés avec tous les costauds de l'établissement.

Sa toilette terminée, Fil-de-Fer rangea sous son polochon le restant de son croûton, fit la moue, se coucha et reprit :

— Heureusement que j' nourris de plus vastes ambitions en ce qui concerne Marcel Morand, baptisé Fil-de-Fer !

Tréguier étouffa un bâillement :

— Ah oui ? fit-il par politesse.

— Bien sûr, tu peux pas savoir que je suis d'une très bonne famille, déclara Fil-de-Fer, étendant un bras décharné. Mes parents sont rupins.

— Oui, mais prennent-ils soin de toi ? demanda Tréguier, se souvenant des paroles de Blondeau.

Se repliant comme un tentacule, le bras du grand diable disparut sous les couvertures.

— Heu... Heu..., hésita-t-il.

Puis se décidant :

— Eh bien, de temps en temps, ils m'envoient un petit mandat. Evidemment, je mentirais en disant qu'ils viennent me voir souvent. J' les ai vus que deux fois en deux ans. Mais si tu savais ce qu'ils m'ont apporté la dernière fois, y a un an environ...

— Quoi donc ? s'intéressa Tréguier.

— Un poulet froid.

D'un air extasié, Fil-de-Fer contempla le plafond et répéta, après s'être pourléché les lèvres :

— Un poulet froid avec de la gelée autour ! Tu te rends compte du festin ?

Tréguier le ramena sur terre.

— Pourquoi qu'y t'ont mis ici ? Qu'est-ce que t'avais fait ?

Les yeux de Fil-de-Fer, d'un marron clair, se posèrent sur le nouveau. Ils étaient comme voilés subitement.

— Mon beau-père m'aimait pas cher, avoua-t-il. Je le gênais. Il a profité de mes mauvaises notes de lycée pour...

— Mais ta mère ? coupa Tréguier, révolté. Elle a rien dit ? Elle a laissé faire ?

Les yeux du grand diable s'emplirent de tendresse. Il resta un moment rêveur, sans parler. Soudain, deux larmes roulèrent sur ses joues creuses et il murmura, magnanime :

— C'est pas d' sa faute. Elle en est folle, tu comprends ! Elle bande pour lui.

Et il tourna le dos. La couverture brune qui le cachait se mit à se soulever au rythme de son chagrin.

Peu après, la lumière s'éteignit.

Comme le sommeil le fuyait, Tréguier resta les yeux ouverts, perdu dans ses pensées. Il songeait à son orphelinat, à Berland. Mêlés à des ronflements, quelques chuchotements lui arrivaient encore. Dans sa cabine éclairée, le surveillant se dévêtait. Ses mouvements projetaient des ombres chinoises sur le drap qui lui tenait lieu de porte. Il éteignit également. Un noir d'encre régna dans le dortoir.

Le Noiraud couché à droite de Tréguier remua dans son lit, péta à deux, trois reprises et se mit à tousser, d'une toux sèche qui faisait mal à entendre.

Un subit remue-ménage dans le coin de Molina fit tressaillir Tréguier. La nudité du teneur de jeu lui permit de le suivre de l'œil alors que, fantôme en rut, il longeait en rampant quelques lits. Puis au loin, un sommier craqua. Molina venait de trouver réponse à ses problèmes.

VI

Caché sous ses couvertures, Tréguier se rebiffa :

— Fous-moi la paix, Berland ! Laisse-moi ronfler !

Sa mauvaise humeur n'eut aucun effet sur la patte qui continuait à le secouer. Coléreux, il jaillit de la chaleur de son lit.

— Fous-moi la paix, Berl...

La fin de sa phrase lui resta dans la gorge. Ahuri, il contemplait la longue carcasse penchée sur lui. Devant la bouche en forme d'entonnoir qui lui souriait gentiment, la mémoire lui revint. Il frotta ses paupières, désigna l'une des fenêtres sans rideaux où les barreaux extérieurs se perdaient dans la nuit, lâcha sur un ton de reproche :

— Déjà ?

— Eh oui ! Il est 6 heures, croassa Fil-de-Fer. Ça va être l'appel, vieux. Faut te lever.

Tréguier lui renvoya son sourire et bondit de son sac à viande.

Entièrement habillé, le Noiraud, son voisin de droite, comme la veille au soir, ratissait, de son peigne cassé, son crâne tondu. Au contact de ses vêtements glacés, un frisson parcourut Tréguier qui claqua des dents.

— Faut pas laisser tes fringues sur ton lit, critiqua le Noiraud. Sinon, tu les retrouveras gelées au matin. Le mieux, c'est encore de les fourrer sous tes berlues, ça les tient au chaud.

— Mes berlues ?

— Tes couvertures, quoi !

— Ah bon ! Merci du conseil, fit Tréguier en enfilant son chandail.

Le Noiraud haussa les épaules.

— Y a pas de quoi remercier. C'est des p'tites combines comme celle-là qui t'éviteront d'attraper la crève. Et encore, les nuits où il fait trop frisquet, ça m'arrive de garder mon falzar pour pioncer.

Tréguier commençait à comprendre pourquoi son voisin était si vite prêt. Le drap bouchant l'ouverture de la cabine du surveillant s'écarta violemment. Le frottement des anneaux sur leur tringle fut suivi d'un ordre bref :

— Au pied de vos lits pour l'appel !

M. Oudié, ses cheveux crépus luisant de brillantine, se campa dans l'allée, sa liste à la main. Un pull-over d'un jaune vif lui moulait la poitrine. La comédie de la veille au soir se renouvela ; sauf que le nom de Tréguier remplaça celui d'Armagnac. Quant tout le monde eut répondu « présent », le gaffe s'avança pour son inspection du matin. Parfois, stoppant près d'un lit, sans un mot, d'un revers de main, il expédiait au pied de l'occupant les couvertures qu'il jugeait mal pliées. Que pouvait bien raconter à M. Oudié le dénommé Bras-d'Acier ? Tréguier ne l'entendit pas, mais lorsque le surveillant se retourna, il riait d'un rire muet, étouffé. Il parut prendre le dortoir à témoin.

— Savez-vous que Grillon est malade ?

Un éclat de rire général lui répondit.

Tréguier attendit que Fil-de-Fer fût calmé pour se renseigner :

— Pourquoi qu'vous rigolez ? Y semble pas bien costaud, ce gars !

— Il l'est pas non plus, reconnut Fil-de-Fer en tâtant le reste de son croûton. Mais c'est pas à se taper sur la colonne que ça lui rendra la santé. Il en est devenu cinglé. C'est pour ça que les gaffes le laissent à peu près peinard. Au début, y cognaient dessus, mais ça n'a rien changé. Il continue à se branler toutes les nuits et à se porter pâle tous les matins.

Incapable de résister plus longtemps aux séductions de son croûton, Fil-de-Fer l'éleva à la hauteur de ses yeux puis, goulûment, le porta à sa bouche.

En passant devant Tréguier, le surveillant jeta un bref regard sur ses couvertures et dit, le frôlant :

— Ça va ? Bien dormi ?

— Oui, M'sieu, dit le gamin, hasardant un sourire.

— Chef !

Le sourire de Tréguier se figea :

— Pardon, j'oubliais. Oui, Chef.

Le surveillant poursuivait sa tournée.

— Toujours en train de bouffer, Morand, constata-t-il en doublant le lit du grand.

— Oui, Chef, mâchonna celui-ci.

Autour des narines de Tréguier, flottait à présent une forte odeur dégagée par l'haleine du Noir. Fil-de-Fer repéra la mine écœurée du nouveau :

— T'a senti ? Le Gobi a encore dû se laver les dents avec son litre de rhum ! Vise-le maintenant faire sa cour aux caïds.

Adossé au mur du fond, le surveillant discutait paisiblement, tantôt avec Blondeau, tantôt avec Molina.

Si les simples pupilles attendaient, serviette en main, le signe qui les autoriserait à se rendre aux lavabos, Blondeau et Molina, eux, prenaient leur temps. Leurs lits étaient en désordre, et ils ne se pressaient pas. Pour comble, Molina roulait une cigarette. Fil-de-Fer sourit amèrement à Tréguier :

— Tu vois Molina ? Il va allumer sa pipe dans le dortoir. Eh bien, essaie de l'imiter, tu m'en diras des nouvelles. C'est interdit de fumer, même dans la cour. N'empêche que les vedettes ont des avantages... Molina sait se mettre bien avec les gaffes. Si y a un gars à conduire au cachot, y leur prête la main. On peut pas le sentir, mais on le craint, tu comprends ? Il est tellement vache.

— Et Blondeau ? s'intéressa Tréguier.

La figure de son voisin s'éclaira :

— Louis, c'est différent. C'est un chouette mec. Il est

serviable. Tout le monde l'aime bien. T'as eu l' pot qu'y se soit pris d'amitié pour toi, sans quoi, hier soir, tu dégustais avec Molina. Il t'aurait tapé dessus jusqu'à ce que tu lui cèdes.

Au rappel de l'incident, Tréguier rougit.

— Mais enfin, il est fou ce garçon. J' lui ai rien fait !

Fil-de-Fer enfourna le restant de son croûton, le mastiqua, puis déclara la bouche pleine :

— Fou ou pas fou, il saute sur tous les nouveaux et cherche à s' les envoyer. Crois pas qu'y soit le seul dans son genre. Ici, la plupart des types ont ce vice dans la peau. Faut avouer que c'est tenter le diable de laisser vivre ensemble des gosses de quatorze ans et des lascars qui vont sur leur vingt piges.

Sa pomme d'Adam se souleva sous la dernière bouchée, et il continua, puisant dans sa science d'ancien lycéen :

— Moi, je trouve dégoûtant d'obliger des adolescents à vivre côte à côte, sans les trier à leur arrivée. Tout ça, c'est la faute aux spécialistes de l'enfance délinquante. Les magistrats, les juges, les substituts qui te collent des gosses en taule sans chercher à comprendre. Un tas de rase-pet prétentieux à qui les journalistes distribuent de la pommade dans leurs feuilles de choux. Sans compter les directeurs de maisons de correction et de redressement ! Cette bande d'enviandés qui passent pour des héros à poigne, tout ça parce qu'ils gagnent leur paie sur le dos de l'enfance malheureuse. Et, à la base de tout ce beau monde, les parents, eux, quand il y en a, qui n'ont même pas un minimum de couilles pour défendre leurs propres gosses.

Tréguier restait bouche ouverte devant le discours de Fil. Jamais il n'avait entendu quelqu'un parler ainsi.

— Où qu' t'as lu tout ça ? dit-il enfin. T'es savant.

Le grand rafla une miette de pain qui traînait sur son matelas, l'avala et dit :

— J'ai lu ça nulle part. C'est des idées à moi que je remue dans ma tête le soir, avant de m'endormir. Comme ça fait deux ans que je suis ici, j'ai eu le temps d'y songer.

— A ton arrivée, on a aussi cherché à t' faire des choses ? s'inquiéta Tréguier en dépliant sa serviette de toilette.

Fil-de-Fer gloussa, pointa son pouce sur sa carcasse décharnée :

— Pour être franc, j'ai tenté personne. Je suis tellement moche qu'on m'a laissé tranquille. Oh bien sûr ! j'ai récolté des gnons par des gars à qui ma tête déplaisait. Mais l'un dans l'autre, j'ai pas eu à me plaindre. Blondeau a souvent pris ma défense. C'est mon pote...

— Et les surveillants laissent faire tout c' que tu dis ?

— Eux ? Ils s'en balancent de ce qui peut t'arriver. Si tu t' plains, y te traitent de menteur et te collent une danse. D'ailleurs, y en a certains qui détestent pas ce genre de sport.

— Oh ! s'exclama Tréguier.

— Tiens ! voilà Blondeau, remarqua Fil-de-Fer. Salut, Louis, ça gaze ?

— Et toi, grande nouille ? lança amicalement l'arrivant.

— Bonjour, Blondeau, fit Tréguier, tendant la main.

— Salut, gars ! C'est toi que j' venais voir. T'as de quoi te décrasser ?

— J'ai une serviette et une brosse à dents...

— Pas de baveux ?

— De baveux ?

— Oui, du savon.

— Non.

— Viens avec moi, j' te prêterai le mien.

Le Gobi claqua dans ses mains ; les pupilles quittèrent le dortoir.

Dans l'alignement du réfectoire, une autre baraque en Fibrociment servait de lavabos. D'une vingtaine de robinets, s'écoulait une eau glaciale, capable de réveiller les plus feignants. Le torse nu en dépit du froid vif, Blondeau se savonnait vigoureusement. A chaque mouvement de ses bras, des muscles noueux roulaient. Sous le savonnage, son corps robuste commençait à fumer. Comme Yves hésitait à se déshabiller, il lui cria, le visage plein de mousse :

— Fous-toi à poil et vas-y ! Méfie-toi qu'on t' fauche pas ta serviette !

Tréguier se décida. Ne conservant que sa culotte, il se débarbouilla. Quand Blondeau le vit nettoyé, il lui lança une petite boîte ronde.

— Lave-toi les crocs et t' laisse pas calotter ton robinet pendant que j' me refringue.

Le temps que Blondeau réenfile sa chemise, et Tréguier, bousculé, tiraillé de tous côtés, se retrouva la bouche pleine de dentifrice, derrière un lot de types qui se disputaient son filet d'eau.

— Ah ! constata simplement Blondeau.

Deux, trois brutales poussées de sa part rendirent à Tréguier sa place et, par là même, l'occasion de se rincer les dents.

Leur toilette expédiée, ils franchirent en courant la cour où s'épaississait le brouillard et rentrèrent au dortoir. Le Gobi, en pardessus et chapeau sur la tête, pressait les derniers arrivants. Des chaussures à grosse semelle remplaçaient ses babouches colorées. Un cache-col de laine écarlate s'enroulait frileusement autour de son cou.

— Allons, allons, dépêchons, il va être l'heure ! aboya-t-il, apercevant Tréguier. Et, d'un ton plus doux, en reconnaissant Blondeau : Active, Blondeau, la cloche va sonner.

Elle tintait déjà : les pupilles sortirent et formèrent des rangs devant le dortoir. Sur leur droite, deux longues files embrumées attendaient en silence. Sur un coup de sifflet venant de l'avant-cour, les gars du dortoir A se dirigèrent vers le réfectoire. Ceux du B suivirent. Puis ce fut le tour du C. Les premiers arrivés restaient debout, devant leur place, en marquant le pas. A mesure de leur entrée, les pupilles se décoiffaient, scandaient le pas à leur tour. La porte se referma sur le dernier. Dans le réfectoire au grand complet maintenant, le rythme du défilé continuait à balancer les têtes ensommeillées.

Le sifflet vrilla de nouveau. Le calme s'abattit. Un troisième coup libéra les garçons qui s'assirent dans un bruit sourd de sabots.

L'équipe à Molina, punie de la veille, s'engouffra par la

porte du fond. A leur retour, ils posèrent sur chaque table deux boules de pain et un broc dont le haut crachotait de la vapeur. Blondeau emplit les quarts d'une eau teintée de noir. Cela pouvait ressembler à du café, mais comme Tréguier n'en avait jamais bu... Blondeau lui tendit son quart, conseilla :

— Bois pendant que j' coupe le pain !

Le liquide chaud fit plaisir à Tréguier. C'était bon et l'onglée de ses doigts disparut au contact du fer-blanc. Il sourit en notant le regard gourmand jeté par Fil-de-Fer sur les tranches de pain. Blondeau avait achevé de découper les boules, en poussait les morceaux vers le centre de la table. Fil-de-Fer allongea sa patte d'araignée ; sa main se referma sur un croûton.

— Faut toujours que t'embarques les croûtons, grand gueulard ! gémit l'Astucieux, arrivé avec une seconde de retard.

— Monsieur jalouse mon appétit, peut-être ? dit Fil-de-Fer, sans se vexer.

En deux bouchées, il avait réglé le sort de sa portion. Il siffla d'un trait son quart de café et, le brandissant vers Blondeau, susurra :

— Louis ! Y reste rien dans ton broc pour le fils à ma mère ?

— Si, grogna ce dernier. Mais tu pourrais attendre que les copains aient fini. T'as un estomac d'autruche, ma parole !

— C'est que j'ai encore faim, avoua Fil-de-Fer sans fausse honte. Y a pas de quoi se boucher une dent creuse avec ce qu'ils nous donnent à becter. Si ça continue, je me plaindrai au...

— Ta gueule ! l'interrompit Blondeau en soupirant. Envoie ton quart et boucle-la. Commence pas à nous sortir tes discours à la noix.

Frigo dressa une tête désabusée :

— Laisse-le donc aller se plaindre, Louis... Puisqu'il en a envie !

Il se tourna vers le fond de la table et s'informa poliment :

— A qui qu' tu veux réclamer, grand con ?

— Au directeur, répliqua Fil-de-Fer, méprisant. C'est

honteux la façon dont on nous traite. Encore que j'admette qu'il y a de votre faute, car vous subissez tout sans rien dire. Voyons, est-ce naturel de fournir la somme de travail que nous fournissons avec des corps sous-alimentés ?

Tréguier se pencha à l'oreille de Blondeau :

— Il travaille dur ?

— Tu parles ! Comme il est calé, il aide de temps en temps l'économe à ranger ses paperasses. Il garde aussi les mites du magasin d'habillement. Autrement dit, t'es sûr de le trouver en train de roupiller sur un tas de couvrantes emboucanées de naphtaline.

Pour exciter l'autre, le Rat approuva de sa voix de rôdeur :

— Sûr, qu'il a raison ! Ça m' fait du bien d'entendre jacter comme ça.

Fil-de-Fer se rengorgea, fignola son style :

— Et encore, je puis vous affirmer que si ma plainte déposée au directeur ne porte pas ses fruits, j'irai plus haut, vous verrez.

— Il y a quelque chose qui ne va pas, Morand ? s'enquit le surveillant qui, en douce, s'était approché.

Fil-de-Fer blêmit.

— Non, non, Chef ! Tout va bien, bredouilla-t-il, courbant son immense échine sur son quart, à nouveau rempli.

Quand le gaffe eut tourné le dos, toute la tablée se mit en joie. Seul le Rat ne se dérida pas.

— Peau de fesses ! grasseya-t-il. Dégonflé, va ! Ça parle de tout chambarder et, sitôt qu'un gaffe s'amène, ça chie dans son froc !

Il fronça les sourcils et lâcha ce qui lui parut être l'injure sans appel :

— T'es bien un fils de rupin, va !

— Il n'est pas gentil avec Fil, dit Tréguier, rendant son quart à Blondeau.

La remarque fit sourire ce dernier.

— Bah ! ce n'est guère méchant. Puis faut reconnaître que l'autre grand outil ne perd jamais une occasion de déconner. Surtout qu'il sait bien que ça lui servirait à rien d'aller renauder. Ça lui vaudrait juste une avoine et huit jours de ratière.

L'équipe Molina ayant fini de débarrasser les tables, les murmures s'apaisèrent sur un coup de sifflet et les pupilles se levèrent aussitôt.

Dégringolant de son estrade, le surveillant s'approcha de la table de Blondeau :

— Puisque tu es malade, Grillon, tu conduiras le nouveau au magasin d'habillement vers les neuf heures. La directrice y sera. D'ici là, il t'aidera à balayer le dortoir C.

— Bien, Chef, répondit Bras-d'Acier qui serrait son quart sur la couture de son pantalon, dans un garde-à-vous sans conviction.

Le surveillant jeta les yeux sur une fiche et reprit, s'adressant cette fois à l'Astucieux :

— C'est toi qui es de corvée au dortoir C ?

— Oui, Chef, dit le garçon avec son air d'abruti.

— Bon. Eh bien, vous serez trois à briquer votre dortoir. Tâchez que ça brille !

— Ça brillera, Chef, promit l'Astucieux.

Le gaffe relut sa feuille et s'informa, ricanant :

— Ensuite, tu sais ce qu'il te reste à faire ?

Si le garde-à-vous de Bras-d'Acier manquait d'énergie, que dire de celui de l'Astucieux ! Epaules tombantes, jarrets demi fléchis, la morve au nez, le fond trop vaste de son pantalon de treillis flottant en triangle comique, il levait une tête d'idiot aux yeux apeurés qui n'aurait pas déparé un jeu de massacre.

— Bien sûr, Chef, bredouilla-t-il. J'irai rejoindre mon établi à l'atelier.

— Vraiment ! ironisa le surveillant. M. Oudié ne t'a rien dit hier soir ?

Les prunelles de lapin russe de l'Astucieux roulèrent dans ses orbites :

— Non, Chef, rien.

Possible que l'Astucieux fût aussi bête qu'il souhaitait le paraître. Il eut néanmoins le vif réflexe de baisser la tête, évitant de justesse la gifle qui lui arrivait.

— Ça va bien, grogna le gaffe sans renouveler son geste. Tu es de corvée de chiottes pendant huit jours, punition de M. Oudié. Et huit de plus que je te colle pour ton amnésie ; ça te fera deux semaines en tout... Compris ?

— Oui, Chef, murmura l'Astucieux, qui reprenait son équilibre.

Le surveillant porta son sifflet à ses lèvres. Les pupilles pivotèrent sur leurs talons. Au coup suivant, les sabots des gars en treillis firent écho aux galoches des gars en velours. Le gaffe ouvrit la porte à deux battants et se posta sur l'un des côtés. Elevant son poing à la hauteur de son menton, de son index tendu, il se mit à marquer la mesure en les fixant durement. Puis il leur montra la porte ouverte sur l'aube sale. Le réfectoire se vida.

Au-dehors, Blondeau confia son quart à Tréguier.

— Range-le sur mon étagère, dit-il. Il sortit son béret de sa poche, s'en coiffa, ajouta : Au revoir, et t'emmerde pas trop... J' serai là à midi.

Alors que Tréguier, le cœur gros, le regardait s'enfoncer dans la brume jaunâtre, Blondeau, en quelques enjambées, revint sur lui :

— Prends, dit-il, lui tendant trois cigarettes. J' te donne pas d'allumettes, j'en ai pas. Mais l'Astucieux t'en refilera. Allez, au revoir et t' fais pas de mouron.

En s'éloignant, il cria de sa voix aux accents râpeux :

— Et merci pour le chocolat !

Conduit par Bras-d'Acier, Tréguier escalada des marches formées de barres de fer espacées, pour se rendre au magasin. Ils s'engagèrent sur une passerelle identique. Tout au bout, se nichait une porte que Bras-d'Acier poussa. Ils entrèrent dans l'antre de Fil-de-Fer qui s'y tenait, assis devant une table tachée d'encre. Comme par hasard, il grignotait un quignon de pain.

— Ah ! c'est vous ? fit-il. Vous êtes en avance. La directrice n'est pas encore là.

— Bon, j' te le laisse, dit Grillon, désignant Tréguier.

Moi, j' me sauve à l'infirmerie. Si j' peux, j' reviendrai lui donner un coup de pogne pour porter ses harnais.

Une bonne chaleur régnait dans la pièce. Les murs disparaissaient sous un tas de vêtements, de godillots et d'objets de toute sorte. L'ensemble dégageait une forte odeur de naphtaline.

— T'es bien ici, remarqua Tréguier pour rompre le silence.

— C'est une planque, admit Fil-de-Fer, qui souffla aussitôt en cachant son morceau de pain : La directrice !

La passerelle gémit sous un pas décidé. Mme Taréchian, la femme du directeur, s'encadra dans la porte. Tréguier en resta comme deux ronds de flan. Pour lui, une directrice ne pouvait être qu'une vieille pétardière, genre mère Lerbier, alors que devant lui se dressait une femme d'une trentaine d'années, belle comme il n'en avait jamais rêvé, jamais espéré en voir.

Très brune, blanche de peau, plutôt grande, Mme Taréchian, vêtue d'une robe noire collante à parements ocre, avait de l'allure. Des escarpins à hauts talons, d'un noir brillant, la chaussaient. Des bas de soie gainaient ses longues jambes. Elle rappelait à Tréguier une photo qu'un élève de la Communale lui avait montrée un jour et dont le souvenir l'avait troublé durant de nombreuses nuits. Passant une main aux doigts effilés dans sa lourde chevelure, l'arrivante s'informa d'une voix douce :

— Vous vous nommez Tréguier, je crois ?

— Oui, M'dame, bafouilla-t-il, ébloui.

— C'est parfait ; nous allons nous occuper de vous.

Il suivit le mouvement de ses hanches tandis qu'elle s'asseyait et une bouffée de chaleur lui monta au visage.

— Dites-moi, Morand, demanda-t-elle, connaissez-vous le numéro matricule affecté à ce garçon ?

Le grand diable se pencha sur un papier :

— Oui, Madame. Le numéro 3122.

— Très bien, procurez-lui le linge habituel ainsi que des couverts. Inutile de lui donner une pèlerine, la sienne suffira pour l'instant. Pendant ce temps, je vais lui préparer les numéros qu'il coudra sur ses vêtements.

Détachant avec peine sa vue des genoux ronds qui, sous la table, le fascinaient, Tréguier accompagna le grand au bout de la pièce.

— Elle est belle, hein ? lui chuchota Fil en secouant un pantalon de velours. Tout le monde ici en est marteau.

— Et toi ?

Le grand détourna la tête ; il étendit une couverture sur le plancher, commença à y jeter des vêtements.

— Et toi ? insista Tréguier.

Fil-de-Fer se décida à regarder le nouveau. Il confessa d'une voix sourde :

— Elle me plaît aussi, mais c'est différent. Je l'aime parce qu'elle est élégante, soignée... Qu'elle me rappelle ma mère.

Fil se passa la main sur le front comme pour chasser des souvenirs et ajouta :

— Prends un bout de la couvrante, vieux, et allons-y !

Ils disposèrent leur charge près de la table.

— C'est fait, Madame, dit-il. Il a tout sauf des sabots.

— Vous n'en avez plus, Morand ?

— Non. Je cours en chercher à l'économat.

Les yeux de velours noir de la directrice se portèrent sur Tréguier :

— Tenez, dit-elle, poussant sur le bord de la table plusieurs étiquettes, toutes marquées du n° 3122, vous coudrez ça sur vos habits.

La main de Tréguier frôla celle de la jeune femme ; il en eut le souffle coupé.

— Oui, M'dame, parvint-il à bredouiller.

— Morand ! reprit-elle, soyez gentil... Aidez ce garçon à porter ses affaires et ramenez-le pour qu'il choisisse ses sabots.

Lorsque Tréguier revint, Bras-d'Acier l'arrêta au pied de l'escalier :

— T'as déjà déménagé tes fringues ? fit-il, déçu.

— Oui, pourquoi ?

— Pour rien. T'as vu la femme du singe ? Elle est toujours là ?

— J' crois.

— Comment qu'elle est roulée, hein ? s'extasia Bras-d'Acier. Quel sujet !

Tréguier sourit et rapidement grimpa les marches. L'ayant devancé, Fil-de-Fer l'attendait devant une pile de sabots neufs.

Tête inclinée, la directrice écrivait. A chaque inspiration, le léger tissu de sa robe se gonflait. Tréguier attarda son regard à cet endroit. D'un coup de coude, Fil-de-Fer le ramena sur terre.

Quand Tréguier eut ses sabots, il murmura avant d'atteindre la passerelle :

— Au revoir, M'dame.

Elle releva le front.

— Au revoir, Tréguier. Je vais aller déjeuner, Morand. Nous terminerons l'inventaire des chemises à mon retour.

Bras-d'Acier était toujours au bas des marches.

— Viens ! dit Tréguier, lui montrant ses sabots.

D'un geste impatient, Bras-d'Acier lui fit signe de se taire et, l'empoignant par le bras, l'entraîna sous la passerelle. Il leva en l'air son visage souffreteux. Tréguier l'imita. Gêné par le spectacle qui s'offrait à lui, il baissa la tête, voulut s'éloigner.

— Bouge pas, supplia Bras-d'Acier dans un râle. Fais pas de bruit !

Son souffle se précipita pour finir dans un halètement.

— Qu'as-tu ? T'es pas bien ? s'inquiéta Tréguier, voyant les narines de son camarade se pincer et son teint verdir.

— Ferme-la, voyons ! implora Bras-d'Acier.

Au-dessus d'eux, leur arrivait la voix de la directrice, immobilisée sur la passerelle.

— Je compte sur vous, Morand, disait-elle. N'omettez pas non plus de réviser les chaussures pour savoir celles que l'on doit donner en réparation.

Machinalement, Tréguier releva les yeux. Au-dessus de lui, la robe de la directrice béait. Entre les bas bien tirés et un vêtement rose collant, bordé de dentelles qui, épousant la croupe, allait se perdre vers la taille, apparaissaient des éclairs de chair. La vue de Tréguier se brouilla. Sa salive devint sèche. Le sang martela ses tempes. Quelque chose de drôle, un mélange de douceur et de violence le mordit aux reins. Le rouge aux joues, il s'écarta et rejoignit le dortoir.

Bras-d'Acier, lui, n'avait pas changé de place. Boutonnée jusqu'au menton, sa pèlerine à l'endroit du bas-ventre était agitée de brusques soubresauts.

VII

Ayant emprunté du fil et une aiguille, Tréguier transpirait sur ses vêtements pour y coudre les étiquettes portant son numéro matricule. Vautré sur un lit voisin, Bras-d'Acier dévorait son bouquin. Entendant la porte du dortoir s'ouvrir, il se laissa couler à terre et se glissa sous un lit avec une rapidité silencieuse, dénotant une grande habitude.

— Ce n'est que l'Astucieux, lui dit Tréguier pour le rassurer.

Bras-d'Acier, non moins rapidement, reprit sa position.

— Qu'est-ce que tu fabriques là ? Tu vas pas à l'atelier ? demanda-t-il à son copain, levant sur lui deux yeux cernés.

— Pourquoi qu' j'irais à l'atelier ? se rebiffa l'Astucieux. J' viens de m'appuyer la corvée de chiottes, non ! Aussi, j' vais m' planquer sous le page de Molina en attendant la soupe. Et si le Gobi est pas content, il ira se faire baiser.

— T'as raison, approuva Bras-d'Acier en rouvrant son livre. Evite de t' fatiguer ; c'est malsain.

— Et toi, t'as vu le toubib ? s'enquit l'Astucieux.

— Non. Mais l'infirmière m'a dit qu'il me fallait du repos. Elle m'a même collé un fortifiant à prendre tous les matins... J' te le refilerai si tu veux.

L'Astucieux, qui s'était allongé sur le lit de Molina et non dessous, dressa une tête intéressée :

— Du sirop sucré ?

— Non... De l'huile de foie de morue.

— Pouah ! gémit l'Astucieux, laissant retomber sa tête. Tu peux t' la foutre quelque part.

Tréguier, tenant une chemise à bout de bras, considéra son œuvre. Les étiquettes étaient bien un peu de travers, les aiguillées longues, inégales, mais ça paraissait devoir tenir. Il se tourna vers Bras-d'Acier :

— Dis donc, je dois aussi marquer mes mouchoirs ?

— Bien sûr, grogna le garçon sans s'arrêter de lire. Faut en mettre sur toutes tes frusques. C'est le règlement qui veut ça. C'est soi-disant pour reconnaître tes affaires en cas de vol. Ces cons-là s' figurent que ça y change quelque chose. Faut pas non plus oublier de marquer tes sabots et tes grolles avec un bâton trempé dans l'encre. Tout ça, c'est le règlement qui le dit ; alors fais-le !

Il soupira, enchaîna :

— Heureusement que le putain de règlement nous oblige pas à nous coudre une étiquette sur l' cul. Ça serait l' bouquet ! Quoique tu peux être sûr qu'y a des mecs qu'ont dû y penser.

Il prêta l'oreille à un bruit de pas en provenance de la cour et disparut aussi sec. Voyant la porte s'ouvrir de nouveau, Tréguier, inquiet, lorgna vers le lit de Molina. Il avait tort de s'en faire... L'Astucieux s'était volatilisé.

A part lui, la chambrée paraissait vide. Les lits en ordre, la tranquillité régnante ne pouvaient que plaire à un surveillant en tournée d'inspection. A la place du gaffe qu'il s'attendait à voir, apparut Fil-de-Fer,

— C'est pour toi que je viens, Tréguier ! cria-t-il. Tu vas enfiler ton treillis ; je dois emmener les fringues avec lesquelles t'es venu. Tiens ! constata-t-il en s'asseyant sur son lit, on s'est couché sur mon pieu. Qui c'est ?

Il n'attendit pas la réponse pour reprendre :

— Ça va, Bras-d'Acier, sors de là-dessous. Mais à l'avenir, évite de salir mes couvertures avec tes sabots. T'es là aussi, l'Astucieux ? remarqua-t-il, voyant la tête de ce dernier sortir du coin de Molina. Ben, mes colons ! Vous allez mourir à la tâche !

Puis il déclara à l'adresse des deux anciens :

— Il n'y a pas beaucoup de courrier aujourd'hui.

— J' m'en fous, grogna l'Astucieux, se rallongeant sur le lit. J'attends pas de lettre. Mes vieux, s'ils sont pas cannés, y savent pas où j' suis.

Grillon non plus, cette question ne devait guère le tracasser. Ayant pris possession du lit de Blondeau, il s'était remis à sa lecture. Fil-de-Fer sortit une enveloppe bleutée de son treillis, la porta à ses narines.

— C'est d' chez toi ? fit Tréguier.

— De ma mère, spécifia le grand avec une sorte d'adoration.

Les yeux mi-clos, il la frotta amoureusement entre ses paumes. Au crissement du papier, un sourire tendre vint embellir ses traits irréguliers. Après une hésitation, il déchira l'enveloppe, en tira la lettre dont un doux parfum s'évada.

— Ça sent bon, hein, Tréguier ? dit Fil, une pointe de fierté dans la voix. Depuis toujours, j'ai cette odeur en moi. C'est SON parfum à elle. Tu peux sentir, ajouta-t-il, magnanime, allongeant le bras.

Tréguier respira l'odeur dégagée par le beau papier bleuté, dont l'angle s'ornait d'une adresse gravée et d'un numéro de téléphone.

— Elle sent drôlement bon, ta mère, dit-il pour remercier Fil de son élan généreux.

— N'est-ce pas ?

— Ah oui, alors ! T'as de la veine...

— C'est vrai, admit Fil, en commençant à lire.

Lorsqu'il eut achevé sa lettre, un peu de tristesse l'assombrit.

— Mauvaises nouvelles, vieux ? se tracassa Tréguier, tout en secouant son index où perlait une goutte de sang.

— Oui... Elle m'écrit que son mari veut pas entendre parler de mon retour. Il prétend que je suis bien ici, que j'ai besoin d'être dressé. Maman m'avait pourtant promis de le faire changer d'avis ! Hélas ! je m'aperçois que mon salaud de beau-père est le plus fort. Comme toujours.

Fil continua, s'animant, plein de rancune :

— Sais-tu ce qu'il lui a reproché un jour ? Non ? Eh bien, que c'était une honte d'avoir un enfant aussi laid !... Comme si j'y étais pour quelque chose...

— T'as dû connaître la belle vie ? coupa Tréguier pour lui changer les idées.

Une lueur de regret passa dans les bons yeux marron de Fil-de-Fer.

— Ah ! pour ça, oui ! reconnut-il d'un hochement de tête. Tu peux pas savoir l'existence que j' menais... Les promenades avec les copains et les copines en sortant du lycée. Et habillé fallait voir ça ! Des costumes de pure laine faits sur mesure et des chaussures du cuir le plus fin, également sur mesure.

— Tu charries ! dit le nouveau qui enfilait son pantalon de treillis. Les costumes sur mesure, ça existe, j' dis pas non. Mais des godasses qu'on t' fait à ton pied, j'ai jamais entendu parler de ça ! T'essaies pas de m'en mettre plein la vue, par hasard ?

— Je t'assure que c'est vrai, reprit Fil, lancé, oubliant son chagrin. Tu peux me croire... Même que j'allais chez un bottier !

— Et y avait pas de clous sous tes godillots ? interrogea Tréguier, toujours méfiant.

Fil-de-Fer prit un air excédé :

— Mais non, voyons ! Ça aurait abîmé les parquets de la maison. Les bonnes avaient suffisamment de travail.

Les yeux de Tréguier s'écarquillèrent ; il admira, soudain plein d'égards :

— Parce qu'y avait plusieurs bonnes chez toi ?

— Oui. Deux bonnes et une cuisinière.

Assommé par ces révélations, Tréguier restait bras ballants, bouche bée, et en oubliait de fixer ses bretelles. Flatté de l'attention que lui portait le nouveau, Fil poursuivit :

— Et encore, je te parle pas des repas servis dans la salle à manger où, l'hiver, brûlait un feu de bois et où, l'été, la fenêtre ouverte sur notre jardin laissait pénétrer l'odeur des roses.

— Tu bouffais c' que tu voulais ? dit Tréguier, fermant les yeux sur ce tableau enchanteur.

— Evidemment.

— Du poulet tous les jours ?

La mâchoire à Fil claqua dans le vide. Tréguier rouvrit les yeux.

— Si je l'avais voulu, oui, dit Fil après s'être passé la langue sur les lèvres.

— Seulement t'en aurais eu vite marre, remarqua l'Astucieux qui venait de s'approcher.

— Bien sûr, convint Fil. Aussi, je n'en mangeais qu'une ou deux fois la semaine. Mais la cuisinière me mijotait des plats meilleurs que le poulet.

Pour l'Astucieux, il ne devait pas exister de plat supérieur à ce volatile, car il s'informa, sceptique :

— Quoi donc que tu briffais qu'était plus bon que le pique en terre ?

— Eh bien, que sais-je ? dit Fil-de-Fer, dédaigneux. Je sais plus trop quoi... De la sole meunière, par exemple... Du faisan sur canapé... Des alouettes aux raisins... Des rôtis de toutes sortes. Que sais-je encore ? Des crèmes, des gâteaux... des...

Le regard de Fil se fixa au plafond :

— Ah ! ces gâteaux !... J'en rêve la nuit.

Tous ces plats inconnus, rien qu'à les entendre nommer, la pomme d'Adam de l'Astucieux se contractait ; il avait du mal à saliver. Tréguier aussi. Implacable, Fil-de-Fer poursuivait :

— Et de la langouste mayonnaise ! Combien de fois en ai-je mangé dans ma vie ! Ce que ça peut être bon !

— C'est vrai qu' c'est fameux, approuva l'Astucieux. Y a rien de plus doux sous la langue.

— T'en as déjà goûté ? s'enthousiasma Tréguier, mains écartées, comme pour recevoir l'hostie.

L'Astucieux courba son crâne rasé, racla le sol de son sabot avant d'avouer, péniblement :

— Oui et non. Enfin, j' veux pas dire de menteries... J'en ai jamais bouffé, mais j'ai entendu une fois un copain qu'en parlait. Même que la sauce est jaune foncé... C'est pas vrai, ça ? dit-il, prenant Fil-de-Fer à témoin.

— Si, concéda le grand, c'est à peu près la couleur que ça a.

Bras-d'Acier, sur son lit, se retourna vers le mur et gémit :

— Est-ce possible d'être aussi cinglés ! V'là des mecs qui parlent que de mangeaille et qui n'auront même pas une demi-gamelle de lentilles par tête de pipe. Ah, les cons !

Ignorant l'interrupteur, Fil reprit l'évocation de sa vie de bourgeois :

— Et ces plats dont je vous cause, c'est ce que je mangeais à l'heure des repas. Tandis qu'entre les repas, c'était autre chose...

— Parce que vous bouffiez aussi entre les repas ? s'étonna l'Astucieux, qui en laissa choir sa lèvre inférieure de saisissement.

— Mais oui, dit Fil. Nous organisions entre camarades des lunchs, tantôt chez l'un, tantôt chez l'autre.

— Des lunchs ! Qu'est-ce que c'est encore que ce truc-là ? demanda l'Astucieux, plaintivement.

Tréguier haussa les épaules.

— Je sais, moi, dit-il, se rappelant les romans de Fenimore Cooper, où les méchants étaient toujours pendus. Vous jouiez aux covbois, en somme ?

— Crétin, laissa tomber Fil-de-Fer. Le lunch est une sorte de goûter, de collation si vous préférez, où l'on ne mange que des choses légères et raffinées.

— C' que c'est que d'être rupin, tout de même ! constata l'Astucieux d'un ton rêveur.

Il se secoua pour revenir à la réalité, monta sur le lit de Tréguier et dit, après avoir jeté un coup d'œil à travers les carreaux crasseux :

— Les copains sont sortis des ateliers. Si on allait dans la cour ? Y a pus de pet de s' faire poirer maintenant.

N'ayant jamais porté de pantalon long, Tréguier déambulait sans oser plier le jarret. Comme c'était également la première fois qu'il chaussait des sabots et que ceux-ci le blessaient, il avançait avec précaution.

— Tu marches sur des œufs ? blagua Blondeau qui venait d'arriver.

Il sourit au nouveau, ajouta :

— T'as fière allure avec ton froc long, gars ! On dirait que ça t' grandit.

Tréguier, repérant ses mains tachées de cambouis, se renseigna, tout heureux de le revoir :

— T'as bien travaillé ce matin ?

— Oui, c'est pas le labeur qui manque... J' suis en train de réviser un moteur. Et toi, tu t'es pas trop emmerdé ?

— Non. Le temps a passé assez vite. Y faut bien que je m'habitue, car j' suis p't-être ici pour un bout.

Le regard de Blondeau pétilla :

— C'est comme ça qu'y faut jacter, mon p'tit vieux. Tu dois être patient et serrer les dents. Toujours serrer les dents, pour éviter qu'on t' balance dans un endroit encore plus toc. Allez, approchons-nous du réfectoire ; j' vois le gaffe qui se dirige vers la cloche.

Bras-d'Acier avait vu juste. Possible qu'il fût copain avec l'un des cuistots... Toujours est-il que le menu était bien composé de lentilles. Elles n'étaient pas pires que là d'où venait Tréguier ; les mêmes petits cailloux s'y dissimulaient. Il fallait mastiquer avec prudence, voilà tout.

Outre sa part de lentilles, Blondeau avait donné à chacun un carré de bœuf, oh ! infime, où le gras dominait.

— T'auras besoin d'un couteau de poche, remarqua-t-il, voyant Tréguier se battre avec sa viande. Ici ils n'en fournissent pas. En attendant, sers-toi du mien ; j' tâcherai de t'en ramener un c' soir.

— C'est que j'ai pas de sous, confessa Tréguier, honteux. J' pourrais pas t' rembourser.

— T'inquiète pas de ça ! Si tu crois que l'économe touche ma paie entière, tu t' goures. Mon taulier est un brave vieux ; quand il m'augmente, il le dit pas au burelingue. C' qui fait que j'étouffe la différence. En plus, j'encaisse des pourboires. Autrement dit, j' suis pas à plaindre.

Le bruit de la porte s'ouvrant brusquement les fit taire. Blondeau heurta Tréguier du coude, chuchota :

— V'là le singe. Qu'est-ce qu'il vient foutre ici ?

— Fixe ! hurla le surveillant à cou de taureau, du fond de son estrade.

Les pupilles obéirent. Le calme tomba sur la salle. Un personnage très brun de cheveux, bronzé de teint, petit de taille, bien habillé, fonçait dans l'allée. Derrière lui, lèche-cul, marchait un autre homme dans la force de l'âge, dont la chevelure frisée blanchissait aux tempes. Son costume d'un gris pisseux, mal repassé, ne pouvait souffrir, même de loin, la comparaison avec le complet violine du directeur.

— Le surveillant général, souffla Blondeau, le désignant du menton.

Tous les regards se braquèrent vers l'estrade où les deux arrivants venaient de prendre place.

— Messieurs ! commença le directeur en élevant la voix, il n'est pas dans mes habitudes de me déranger pour vous sermonner à l'heure des repas ; mais cette fois, un cas très grave m'y oblige. La mesure est comble ! Le magasin aux vivres a de nouveau été pillé cette nuit. La serrure et le cadenas qui en renforcent la fermeture ont été brisés. Plusieurs boîtes de conserve et des pains entiers ont disparu. En un mois, c'est la seconde fois que pareil fait se renouvelle.

Le directeur scruta les visages qu'il dominait, reprit son souffle, martela de son poing le bureau devant lui :

— Je tiens à ce que le ou les coupables se dénoncent. Je vous préviens que tous les dortoirs seront minutieusement visités. Gare à ceux qui auront dissimulé des conserves en provenance du dépôt de vivres ! Maintenant, Messieurs, c'est à vous de faire votre propre police. Si l'un d'entre vous est au courant des faits, qu'il vienne ici ; il rendra service à tous ses camarades.

Toutes les têtes reprirent la position du garde-à-vous et gardèrent une immobilité absolue. Cinq minutes s'écoulèrent de la sorte, dans un calme lourd, oppressant.

— C'est bon, dit la voix de l'estrade. Vous avez jusqu'à la soupe du soir pour me communiquer le nom des coupables. Sinon, je prendrai les sanctions collectives qui s'imposent.

— Qu'est-ce qu'il nous fait chier avec ses discours ! grommela la Tomate. Il va nous obliger à becter froid. C'est pas ça qui lui rendra ses sardines.

— C'est bon ! répéta la voix menaçante de l'estrade.

Le « complet violine » passa en coup de vent au milieu de l'allée ; la porte claqua furieusement derrière son dos. Ce fut au tour du surveillant général de se déchaîner.

— Vous voulez jouer aux marioles ! gueula-t-il. Tas de fripouilles que vous êtes ! Je vous materai, moi ! Si vous ne vous décidez pas à dénoncer les voleurs, vous resterez debout et mangerez au bout d'une perche !... Allons ! J'attends...

Nul souffle ne troubla le silence du réfectoire. Pas un sabot ne crissa sur le ciment rugueux. Aucun banc ne remua en signe d'impatience. Les lentilles se congelèrent dans les assiettes d'étain... Seul, le tic-tac de la pendule poursuivit sa marche régulière. Les minutes se poussèrent les unes les autres... Aucun crâne rasé ne broncha.

Une demi-heure s'écoula ainsi. Puis un hurlement jaillit de l'estrade.

— Bande d'enculés ! Je vous baiserai au tournant ! Je ne peux pas vous garder plus longtemps à cause de ceux qui travaillent au-dehors, mais ce soir, je vous reprendrai en main, je vous jure ! Allez ! asseyez-vous.

— Merde ! tout est gelé, rouspéta le Rat en piquant sa fourchette dans ses lentilles.

Le surveillant général se mit à longer les bancs centraux à grandes enjambées furibondes. De ses lèvres crispées par la rage s'échappaient des mots incohérents. A un certain moment, s'arrêtant près du poêle, il recommença à brailler :

— Vous savez comment vous finirez tous, tant que vous êtes ici ? Au bagne ! et dans les maisons centrales... Tas de sagouins ! Votre futur métier, c'est le meurtre et le vol ! D'ailleurs, ça ne m'étonne pas ; vous êtes nés avec le crime dans le sang... Ramassis de poubelles que vous êtes !...

— Qu'est-ce qu'il nous envoie comme fleurs, constata

placidement Frigo, détachant de la table un copeau de bois pour se curer les dents. Ce mec-là, je l'adore.

— Vous commettez une erreur, Chef, clama quelqu'un.

Tous les regards se portèrent du côté de la voix. La stupéfaction se lisait sur les visages tendus. Tremblant de sa propre audace, Fil-de-Fer se dressait au bout de son banc.

— Qu'est-ce qui lui prend ? grommela Blondeau, la mâchoire soudain durcie. Il est devenu dingo ! Lui qu'est froussard comme pas un !

— C'est sa lettre qui le rend malheureux, murmura Tréguier à travers le mâchonnement de ses lentilles.

— Quelle lettre ?

— De sa mère... Elle le laisse choir.

La Tomate ouvrit la bouche... Ses paroles coulèrent le long de la table jusqu'à Fil-de-Fer.

— Tu vas gagner le coquetier, grand con, si tu continues, disait-il. Arrête-toi et renverse la vapeur, sans quoi tu vas déguster. Ecrase, hé, connard.

Fil n'écoutait rien. Il offrait sa carcasse filiforme au regard haineux du surveillant général.

— Ainsi, fit celui-ci, en se rapprochant, j'ai commis une erreur, hein ! Laquelle d'après toi, Morand ?

— Il va se dégonfler, dit Frigo, poursuivant son nettoyage dentaire.

Fil-de-Fer respira fortement, mit ses mains dans son dos pour en cacher le tremblement, et osa :

— Je m'excuse, Chef. Les enfants ne naissent pas criminels. Nous pas plus que les autres. Aucun gosse ne vient au monde méchant. Et s'ils sont tarés ou anormaux, ils relèvent de l'autorité médicale et non des colonies pénitentiaires. Pour les autres, la responsabilité en incombe, quand ils existent, aux parents.

De grosses larmes tracèrent des sillons sur sa moche figure, mais Fil n'en continua pas moins, d'une voix oppressée :

— Oui, aux parents qui ne veulent pas se charger de leurs enfants. Aux parents qui ne cherchent pas à les élever et préfèrent les voir enfermer plutôt que de les sentir rôder autour de leurs chambres.

Frigo cessa son manège ; il tourna vers Fil un visage où l'indifférence habituelle avait fait place à un intérêt étonné.

— T'as fini ton numéro ? demanda le surveillant général, avançant d'un pas.

Fil-de-Fer ne l'entendit même pas. Il poursuivait :

— Quatre-vingts pour cent des êtres composant l'humanité proviennent de naissances accidentelles. De quel droit cette majorité se permettrait-elle de nous juger et de nous traiter d'assassins ? Et au nom de quels principes sociaux l'Etat laisse-t-il brutaliser les gosses de ceux qu'il a envoyés se faire massacrer dans les guerres ?

— T'as fini ? demanda à son tour le gaffe à cou de taureau, qui se tenait à côté de son chef.

Fil-de-Fer baissa la tête et voulut se rasseoir. Projeté avec sauvagerie, le poing du surveillant vint lui casser une dent. Fil bascula en arrière, tenta de se raccrocher à la table, mais ne parvint qu'à atteindre le plat de lentilles, qu'il entraîna dans sa chute. Elles se répandirent par petits tas congelés sur son treillis, mêlées au sang qui pissait de sa bouche fendue. Voulant lui aussi soulager sa hargne, le surveillant général balança au grand diable étendu à ses pieds, deux, trois coups de ses godasses à bout carré et, le soulevant d'un bras puissant, lui cracha sa rage dans la figure.

— Quinze jours de cachot, mon salaud ! brailla-t-il. Et tout de suite, encore !

Le catapultant vers son subordonné, il acheva :

— Embarque-le, que je voie plus sa sale gueule !

Puis il porta son sifflet à ses lèvres... Les pupilles se mirent au garde-à-vous.

Un bruit sec retentit à la droite de Tréguier. Il coula un œil vers la main de Blondeau... En deux tronçons, sa fourchette était tombée sur le banc.

VIII

L'après-midi, l'économe dirigea Tréguier sur l'atelier du fer, non sans lui demander ce qu'il préférait : fer ou bois ? Le garçon choisit le fer. Ce métal lui paraissait plus viril que le bois ; en définitive cette idée dicta son choix.

Par un grand vantail situé à côté des chiottes, il pénétra dans l'atelier de mécanique, sorte de vaste grange en pierres noircies, où une trentaine d'étaux couraient le long d'établis graisseux. Au centre du local, des machines, tours et perceuses, mordaient le métal dans un vacarme assourdissant. Tout au fond, une forge à main, actionnée par Molina, projetait d'un souffle coléreux des centaines d'escarbilles sur des enclumes et de gros outils jetés à même la terre battue.

Un vieux d'une soixantaine d'années accueillit Tréguier. Ses longs cheveux, ses moustaches tombantes, le tout d'un blanc de neige, lui donnaient l'air d'un brave homme.

— C'est toi, Yves Tréguier ? dit-il la main tendue.

— Oui, Chef.

Un enfantin sourire éclaira le visage au teint rosé de l'homme. Ses yeux, d'un bleu très clair, considérèrent le gamin avec bienveillance. Il spécifia :

— Ne m'appelle pas chef, mon gars. Je suis responsable de votre apprentissage, ici, mais je ne suis pas un surveillant. Appelle-moi donc M. Roux, comme tous tes copains... Ou plutôt père Roux, comme ils disent.

— Bien, monsieur Roux, dit Tréguier, conquis.

— C'est parfait, fiston. Ainsi, tu veux travailler dans le fer ? Nous allons voir ça. J'ai justement un étau de libre à côté de Saint-Roch. Tu vas y débuter tout de suite. Suis-moi.

Tréguier admirait avec quelle nonchalance distraite l'Astucieux promenait sa lime sur un cube de fer coincé dans son étau.

— Eh bien, Saint-Roch, remarqua le père Roux, t'as peur d'user tes outils !

L'Astucieux avait tressailli. Il soupira de soulagement en reconnaissant celui qui l'interpellait, et se décida à accélérer, oh ! à peine, son rendement.

— Tu n'es pas venu ce matin, reprit le vieux. Où étais-tu ?

— De corvée, père Roux ! répliqua l'Astucieux, s'arrêtant spontanément de limer.

— Ouais ! bougonna le vieux. Ça m'étonnerait que cette corvée t'ait pris toute ta matinée. Et s'il était passé un surveillant pour contrôler, hein ? Comment me serais-je expliqué ?

Le vieux s'anima :

— Bougre d'âne ! C'est à croire que tu vas au-devant des embêtements et que tu cherches à m'en créer. Normalement, j'aurais dû signaler ton absence. Je te préviens que si ça se reproduit, je le ferai.

On devait savoir à quoi s'en tenir sur les menaces du vieux car, souriant, l'Astucieux reprit sa lime et se remit à caresser son cube de fer.

— C'est pas tout ça, continua le vieux. Tréguier, tu vas t'installer à cet étau. Je te fournirai des outils par la suite. Pour aujourd'hui, tu vas apprendre à scier. Passe-moi ta scie à métaux, Saint-Roch !

L'Astucieux rentra la tête dans les épaules.

— La lame est cassée, père Roux, se lamenta-t-il.

— Sacré propre-à-rien ! gourmanda le vieux. Va en porter les morceaux au magasin, qu'il t'en donne une neuve. Je me demande comment tu peux esquinter tant d'outils, toi qui ne cesses de bâiller toute la journée.

— Oh ! père Roux s'indigna l'Astucieux. J' me débrouille pas mal.

Sans lui répondre, le vieux se tourna vers l'étau voisin, occupé par le gros rouquin qui, la veille, se tenait près de Molina durant la partie de passe.

— Donne-moi ta scie, Michin, dit-il.

Le Rouquin décocha un sale coup d'œil à Tréguier et tendit l'objet au vieux.

— Y va me la casser, père Roux, ronchonna-t-il. Ce morveux doit pas savoir s' servir de ses doigts.

— Ça suffit ! coupa le vieux. Je t'interdis de parler ainsi de ce garçon ! En voilà des manières !

Et, bloquant un morceau de fer plat entre les mâchoires de l'étau, il expliqua au nouveau :

— Tu vas débiter ce fer en tranches de cinq centimètres chacune. Regarde-moi et tâche de comprendre.

Il effleura de quelques coups de scie légers le métal rouillé pour indiquer le tracé, puis, les jambes bien d'aplomb, d'un poignet assuré par des dizaines d'années d'expérience, il découpa dans un mouvement régulier, sans effort apparent, le morceau dépassant de l'étau.

Un dernier grincement de scie ; le fer échauffé tomba au pied de l'établi. Tréguier le ramassa.

— Tu vas t'en servir comme modèle, dit le vieux. Allez ! à ton tour d'essayer.

De son haleine un peu sure, fusaient des conseils que le gamin s'appliquait à suivre.

— Ne t'agite pas tant, disait le vieux... N'appuie pas sur ta scie quand tu la ramènes sur toi... Autrement, la lame cédera... Ne crispe pas tes mains non plus... Ça te fait aller de travers.

L'acier entamait le fer. Heureux, Tréguier voyait la lame s'enfoncer de plus en plus profondément, tandis que, sur les bords de la blessure, se déposait une fine poussière argentée.

— Attention aux derniers coups de scie, conseilla le bonhomme. Doucement... Doucement... N'appuie plus... Retiens ton outil...

Le métal, lentement, ploya. La blessure s'agrandit. Le poli

du fer fraîchement coupé trancha sur la rouille. Le morceau tomba à terre. Fier de lui, Tréguier le récupéra, le montra au vieux. Ses yeux brillaient.

— C'est bien, approuva le père Roux. Maintenant, tu dois t'habituer à scier droit... Le plus droit possible. Prends ton temps, ce soir je verrai si tu as réalisé des progrès. Si je suis content de toi, demain je te confierai une lime. A tout à l'heure !

Il s'éloigna.

Ravi de son succès, Tréguier s'appliquait de son mieux, négligeant les boniments que lui balançait le Rouquin.

— Alors, gueule de raie ! grasseyait celui-ci. T'es content, hein ! Te v'là devenu ajusteur, à présent ! Mais à voir ta frime d'enfant de chœur, c'est pas une scie qui t' faudrait, c'est un goupillon.

Heureux de travailler, Tréguier ne faisait pas attention à lui. Son indifférence n'empêchait pas le Rouquin de poursuivre :

— Dis donc, moutard ! Tu vas pouvoir jouer à l'homme avec tes frocs longs... T'as bonne mine ! Tu vas essayer d'en mettre plein la vue aux copains. Mais pas la peine de chercher à nous épater... Ça s' voit que t'as rien dans le ventre !

Sa voix monta d'un ton, mais se perdit dans le fracas des machines :

— Pas, que t'as rien dans le bide ? Allons, avoue-le !

Tréguier se courba un peu plus sur son étau. Une main osseuse, piquée de poils roux, arrêta la scie dans sa course.

— J' t'ai causé, l'enflé ! crachota le Rouquin. Faut répondre quand un ancien t' jaspine.

Avec effort, Tréguier tourna le cou ; les yeux verts piqués de jaune du Rouquin le transpercèrent de leur hargne. Lui enfonçant brutalement le manche de son marteau dans les côtes, ce dernier reprit :

— T'as rien dans le bide, hein, p'tit merdeux. Allez, dis-le !

Le nouveau se crispa sur son outil ; une révolte bouillonna en lui. Néanmoins, il murmura faiblement :

— J'ai rien dans le bide.

Un rire énorme, insultant, qui fit rougir le nouveau jusqu'aux oreilles, secoua le Rouquin qui lança, prenant à témoin quelqu'un que Tréguier ne voyait pas :

— Esgourde celle-là, Angélo... C'est la meilleure. Tu sais ce qu'il vient de m'avouer, le môme ? Eh bien, paraît qu'il a rien dans le bureau ! Demande-lui, tu vas voir.

De son marteau, sauvagement, le Rouquin fouilla derechef les côtes de Tréguier.

— Laisse-le, dit la voix de Molina. C'est un nouveau, quoi !

Etonné de cet appui qu'il n'attendait guère, Tréguier fit face à Molina qui, derrière lui, souriait.

— N'écoute pas les conneries du Rouquin, dit-il. Rends-moi plutôt un service. Tu vois la petite baraque, là-bas au bout ?

Tréguier, heureux de s'en tirer de la sorte, acquiesça vivement.

— Bon, continua Molina, tu vas dire au magasinier qu'il te donne la lime à épaissir et le trusquin à roulettes. Tu t' souviendras ? Répète voir...

— La lime à épaissir et le trusquin à roulettes, répéta Tréguier, fidèlement.

— Bravo, s'écria Molina. Vas-y ! Je t'attends ici.

Le ricanement moqueur du magasinier allait apprendre à Tréguier la plaisanterie dont il faisait les frais... Il rejoignit son établi où les autres, devant sa mine vexée, s'étranglèrent de rire.

— Alors ? fit sévèrement Molina, toisant les mains vides du nouveau.

Tréguier, haussant les épaules, leur tourna le dos.

— Quel foutu caractère il a ! s'emporta le Rouquin. Y comprend pas la rigolade ! Y a qu'à pas lui jacter, sauf pour les questions de boulot. En attendant, j'ai besoin de son aide. Hé ! Tréguier ! ordonna-t-il. Prends c' tube et porte-le à Frigo, près du deuxième tour.

Sans méfiance, Tréguier empoigna le tube que le Rouquin lui présentait au bout d'une pince de forgeron. Il le lâcha aussitôt en hurlant, se mit à souffler sur sa main brûlée, tout en dansant sur ses sabots. Son hurlement s'étouffa dans les bruits de l'atelier. Quelques pupilles, les plus proches, levèrent le front puis poursuivirent leurs travaux sans s'inquiéter davantage. Sans mot dire, l'Astucieux lui retourna la main et, d'une burette, fit gicler sur la paume en feu une huile noirâtre qui aviva sa douleur.

— T'es veinard que le tube il était plus très chaud, remarqua-t-il. Sans quoi, t'étais bon pour l'infirmerie.

Oubliant de le remercier, Tréguier, geignant doucement, serra fortement son poignet de sa main valide, espérant se soulager.

A six heures et demie, lorsque le père Roux vint contrôler son travail, sa douleur, sans avoir totalement disparu, le gênait moins. Preuve que sa brûlure manquait de gravité.

Au réfectoire, Blondeau, l'air renfrogné, posa un couteau neuf près de la gamelle de Tréguier, puis servit la soupe sans ouvrir la bouche.

— Merci beaucoup, fit le nouveau. Il est joli ton couteau. Merci d'avoir pensé à moi.

Blondeau, gardant son air buté, évita de répondre. Surpris, peiné par ce silence, Tréguier avança timidement sa main boursouflée, noire d'huile séchée, et dit :

— Ils m'ont joué un sale tour. C'est...

— ... le Rouquin ! trancha Blondeau. Il t'a fait le coup du tube.

— J'ai marché... J' pouvais pas savoir. Tu m'en veux pour ça ?

Blondeau se contenta de .laper sa gamelle. Tréguier, désorienté par son profil de dogue mécontent, insista :

— J' sais que j' suis bête ; j' suis tombé dans le panneau. Mais tu devrais pas m' garder rancune...

Blondeau reposa sa gamelle, la torcha d'un bout de pain, qu'il s'expédia dans la bouche d'un claquement du pouce.

— Toi qu'as tout vu, explique-lui, implora Tréguier, allongeant sa paume brûlée vers Frigo.

Frigo ne daigna pas lever le nez ; de sa cuillère, il continuait à touiller des cubes de pain dans sa soupe incolore.

Dérouté par cette sourde hostilité, Tréguier cherchait un appui autour de la table. Il ne vit que des visages penchés sur leur pitance. Il se raccrocha à Blondeau :

— Ainsi, vous m'en voulez de m'être laissé avoir ? C'est pour ça ?

Blondeau feignit de s'intéresser au plat que venait d'apporter le Noiraud, un de la table à Molina. D'un poignet nerveux, il détacha de la louche des portions de riz qu'il plaqua littéralement dans les assiettes. Tréguier, de sa fourchette, égalisa le tas grisâtre ornant sa gamelle, puis, sentant une boule lui bloquer l'estomac, d'un geste vif, repoussa son assiette.

— Ton protégé s'emballe, Louis, grinça Frigo. Mais pas quand y faut...

Sans comprendre, Tréguier se souleva à demi, étreint par une colère.

— Qu'est-ce que tu veux dire ? J' t'ai fait quelque chose ?

Frigo le poignarda d'un œil méprisant :

— Oh ! moi, rien !... J' m'en fous de toi !... Tu piges ?

Tréguier fit une volte-face. La Tomate le tiraillait par son bourgeron pour l'obliger à se rasseoir.

— T'excite pas ! expliqua-t-il, devant sa figure rouge de dépit. Y t'expliqueront rien. Mais si tu devines pas de quoi il retourne, tu peux t' vanter d'être simplet !

— J' vois pas, en effet...

— Eh bien, tu t'es laissé couillonner par le Rouquin, c'est des choses qu'arrivent. C'est pas pour ça qu'y t'en veulent. Non. C'est pour un autre truc...

— Quel truc ?

— Paraît que le Rouquin t'a traité comme une lope... Et que par peur des jetons, t'as répété tout ce qu'il a voulu... C'est pas vrai ? Même que tu t' serais foutu à genoux s'il avait insisté.

Cette fois, Tréguier comprenait les raisons de leur mauvaise humeur. Ravalant son chagrin, il ramena à lui sa gamelle et, silencieusement, engloutit sa pâte à colle. Quand il eut fini, il essuya le cadeau de Blondeau sur son pantalon, le plaça à côté du quart de l'adolescent et, sans oser lever les yeux :

— Reprends-le. J' sais que j' le mérite pas.

La main de Blondeau, sentant le pétrole et le cambouis, se referma sur le couteau. Il l'attira à lui doucement ; ses dents grinçaient. Le cœur de Tréguier cessa de battre. Puis, violemment, Blondeau renvoya le couteau sur la gamelle du nouveau ; le mousqueton tinta contre l'étain. Le cœur de Tréguier retrouva son rythme normal.

— Garde-le, dit Blondeau brusquement. J' te l'ai donné, non ? Pour le reste, on s'arrangera dehors.

Un « fixe » aboyé de l'estrade fit se dresser les pupilles... Le surveillant général s'engouffrait dans le réfectoire.

— Eh bien, mes lascars ! hurla-t-il aussitôt. Êtes-vous prêts à me désigner les canailles qui ont dévalisé la réserve ?

Personne ne pipa. La comédie du déjeuner recommença. Les secondes, les minutes s'écoulèrent dans un silence complet, exténuant à la longue. Des nuages de fumée, partis de l'estrade, escaladèrent le plafond et s'y tinrent amassés, en paquet.

Une heure passa.

Devant Tréguier, Frigo, qui se curait les dents, lui donnait le vertige à chaque fois qu'il bougeait l'avant-bras.

— Parfait ! tonna-t-on de l'estrade. Je vous réserve une surprise. Ça durera ce que ça durera, mais vous céderez, tas d'ordures !

Effrayés, les nuages se séparèrent avant de se dissiper en tous sens.

— Qu'est-ce qui va nous arriver ? s'inquiéta Tréguier auprès de Blondeau lorsqu'ils furent dans la cour.

— T'occupe pas de ça, grommela l'ancien. Pour l'instant, on a autre chose à voir. Allons d'abord porter nos galtouses.

Dans le dortoir, il attendit au pied du lit du nouveau. Quand celui-ci se releva, après avoir enfourné son matériel dans sa valise, il lui dit, le fendant de son regard gris :

— Tu sais c' qui te reste à faire ?

— Le Rouquin ? balbutia Tréguier.

— C'est ça !... Le Rouquin... Nous allons l' rejoindre dans la cour et tu vas foncer dedans.

— Mais je...

Le gris du regard se durcit au maximum.

— Bon, soupira Tréguier avec effort, j'y vais.

Les paupières se soulevèrent légèrement et le regard gris s'humanisa un peu.

— T'occupe pas des autres. Vole dans les plumes du Rouquin : si Molina veut s'en mêler, j' serai là. C'est tout.

Ils se faufilèrent à travers la haie des gars entourant la partie de passe. Devant cette bousculade, Molina leva une face mauvaise sur les intrus qui dérangeaient son revenu.

— Ah ! c'est toi, Louis, dit-il, reconnaissant Blondeau.

Accroupi, les dés entre ses jambes, le Rouquin comptait de la monnaie. D'un toussotement apeuré, Tréguier se racla la gorge avant de dire, sans grande conviction :

— J' tiens à te prévenir, Rouquin, que t'as eu tort d' me traiter comme tu l'as fait à l'atelier.

L'autre se mit à rigoler :

— Pas possible ! fit-il, enfouissant les pièces de monnaie dans sa poche.

— Parle pas tant ! grommela Blondeau à l'oreille de Tréguier. Fous-lui un coup de pompe dans la gueule, c'est le moment.

Le Rouquin parut jauger les intentions de Blondeau, puis dit en se relevant :

— Qu'est-ce qui t'arrive, morveux ? T'étais pas si fier tantôt... T'as envie que j' te satane ?

— Viens-y ! lança Tréguier s'enhardissant.

Ces paroles étaient à peine sorties qu'il les regrettait. Les pupilles, qui ne devaient pas le prendre pour un bagarreur bien sérieux, s'écartèrent à peine. Tréguier aurait bien voulu les imiter, mais dans ses reins le genou de Blondeau lui interdisait tout espoir de fuite. Sûr de sa force, le Rouquin darda ses yeux verts sur Tréguier et ricana pour l'entourage :

— Une paire de baffes, v'là tout ce qu'il mérite ce merdeux...

La pression quitta les reins de Tréguier. Il se sentit subitement isolé devant les dix-sept ans du Rouquin. Il chercha Blondeau du regard, espérant que l'aîné arrangerait le coup. Mais reculant à deux mètres, mains dans les poches, mégot aux lèvres, Blondeau restait indifférent.

Le Rouquin, rieur, la main levée, franchissait le cercle de lumière. Puisant du courage dans son énervement, certain de ne pas obtenir de pitié, Tréguier, rageusement, détendit son pied. L'autre, d'un bond de côté, esquiva. Le sabot de Tréguier, trop grand pour sa pointure, tournoya avant d'aller frapper la poitrine d'un pupille, qui sacra :

— Quel enculé ! J'ai failli le prendre en pleine gueule !

La gifle promise se transforma en un marteau qui cueillit Tréguier sous le menton. Il oscilla. Son pied déchaussé fut férocement talonné par le sabot du Rouquin. La douleur jaillit si vive, si soudaine, que la sueur lui mouilla le ventre. Son adversaire qui le dominait de la tête, appuyant de tout son poids sur le pied pris au piège, doubla d'une droite courte, teigneuse. Les oreilles de Tréguier s'emplirent de bourdonnements. Ne pouvant dégager son pied, il glissa lentement le long du corps du Rouquin.

— Tu m' fais mal ! Lâche-moi, supplia-t-il dans un souffle.

Un second coup éclata sur son crâne rasé. Sa main droite cascada sur des boutons sans pouvoir les agripper, rencontra quelque chose de rond, de mou et, dans un dernier sursaut, s'y cramponna farouchement. Un cri aigu de bête vint adoucir le martèlement de ses tempes… Son pied se trouva libre sur-le-champ. Le cri du Rouquin devint un hurlement sauvage.

— Il lui tient les couilles, hurla un pupille, trépignant de joie.

Pour se dégager, fou de souffrance, le Rouquin abattit sur la tête courbée devant lui ses deux poings à la fois. Le crâne de Tréguier résonna comme un tambour. Il lâcha prise et s'écroula, évanoui. C'est la tête sous le robinet qu'il récupéra.

— Tu t'es bien démerdé, complimenta Blondeau, continuant à le frictionner sans ménagement. Le Rouquin a son compte, lui aussi. Il est en train d'essayer de pisser pour se remettre d'aplomb.

— Aïe ! mon pied, fit Tréguier, qui sentait des picotements lancinants.

— Ôte ta chaussette et passe-le sous le robinet, conseilla Blondeau ; ça te rafraîchira.

— Tiens, j' t'ai ramené ton sabot, dit Frigo qui se trouvait là. Félicitations. C'était au poil.

Son animosité avait disparu. Il souriait. Ce fut boitant fortement, soutenu par Blondeau, que Tréguier regagna le dortoir. Sa boiterie, le sang tachant son treillis neuf n'échappèrent point à l'œil sagace du Gobi.

— Comment ? T'es à peine arrivé que tu te bats ?

— J' me suis pas battu, Chef ! J' suis tombé...

— Ouais ! ricana le Noir. Sur le poing d'un autre. Allez, file à ta place !

L'appel terminé, Tréguier se dévêtit rapidement. Suivant en cela les tuyaux du Noiraud, il logea ses habits sous ses couvertures et, abruti de fatigue, la tête vidée par les coups, s'endormit.

Des clameurs excitées l'éveillèrent en sursaut. Déjà le Noiraud était debout entre leurs deux lits.

— Qu'est-ce qui se passe ? s'étonna le nouveau.

— Lève-toi et fringue-toi en vitesse. Sans quoi l' Gobi va balancer ton plumard et toi avec.

— Mais il est pas six heures ! gémit Tréguier, frottant sa mâchoire endolorie.

— Non. Il est minuit. Mais faut t' lever. Et vite encore !

— Pourquoi ? C'est pas l'heure.

— Y a pas d'horaire pour la pelote, lâcha le Noiraud.

Tréguier écarquilla ses yeux bouffis de sommeil :

— La pelote ? La pelote de quoi ?

— ... de laine, grinça le Noiraud qui, hochant une tête apitoyée, ajouta aussitôt, dans un haussement d'épaules : Quel con de poser des questions pareilles ! Y doit se croire à l'université, ce mec-là !

La masse de Blondeau intercepta la lumière devant Tréguier :

— Magne-toi de te lever, dit-il. Autrement, tu vas déguster. Et oublie pas d'enfiler ton chandail...

Il profita d'une accalmie entre deux rugissements du gaffe pour recommander :

— Mets pas tes sabots. Prends tes godillots, ça vaudra mieux.

Tréguier obéit, sans chercher à comprendre. D'un œil ahuri, il suivit le vol plané d'un matelas en direction du poêle. C'était celui du Rat, qui, ses fesses pointues vers le plafond, fourrageait maintenant sous les lits en quête de ses effets.

— Dans deux minutes, je siffle le rassemblement ! tonna le Gobi. Habillé ou pas, tout le monde dehors à mon signal !

Au sifflet, les pupilles se précipitèrent vers la sortie, formèrent devant la porte deux colonnes frileuses. La plupart d'entre eux achevaient en marchant de se vêtir rapidement. Ejecté brutalement du dortoir, le Rat glapissait : « Mais, Chef, j' vous dis que j'ai pas mes godasses. »

— M'en fous ! déclara le Gobi. Ça te fera les pieds !

En vitesse, Tréguier laça les siennes, s'appuyant sur Blondeau pour ne pas perdre l'équilibre.

— J'ai ta pèlerine, lui chuchota le grand. Tu l'avais oubliée. Mets-la sur tes épaules.

Comme par magie, le préau s'illumina, refoulant vers ses bords le brouillard à goût de suie. La vrille d'un sifflet perça les tympans. Les rumeurs, devant les dortoirs, s'éteignirent. Le surveillant général, engoncé dans un épais pardessus, se posta devant la porte C.

— Tout le monde est bien dehors ? cria-t-il à l'adresse des trois gaffes responsables.

— Oui, Chef !

— C'est parfait ! poursuivit-il, tirant une montre de sa poche. Messieurs, vous avez une minute pour me révéler les noms des canailles qui ont fracturé le magasin aux vivres. Si vous les dénoncez, je vous renvoie vous coucher immédiatement ; sinon...

Le mot, lourd de menaces, plana au-dessus des crânes.

— Sinon, reprit le surveillant général, vous tournerez jusqu'à ce que vous cédiez.

La minute écoulée, la voix s'enfla et balaya la cour d'une colère qui se contrôlait mal.

— Vous voulez jouer aux marioles ? Nous allons jouer ensemble, tas de fumiers ! Et je vous préviens ! Le premier que je trouve à s'arrêter, je l'étripe et je le balance au cachot.

Le froid, la peur faisaient trembler Tréguier.

La note du sifflet roula dans la nuit. La première colonne du dortoir A s'ébranla. Au fur et à mesure qu'elle avançait, des anneaux humains se soudaient à elle. Le pupille qui formait la tête de cette longue file, avançait lentement, le menton penché sur la poitrine, semblant haler de ses maigres épaules tous ses copains de misère. Chacun boutonnait bien ses frusques, pour barrer la route à la brume humide et garder en soi un peu de tiédeur du lit.

Les surveillants, comme des chiens de garde, couraient le long de la colonne, s'arrêtaient, aboyaient, puis redétalaient aussitôt. Ils cherchaient un os à ronger pour l'offrir au surveillant général. Le bout de leurs cigarettes rougeoyant dans les coins les plus obscurs, signalait aux pupilles leurs déplacements. Une horloge, au loin, sonna un coup... Les pas devinrent plus pesants... Les nuques se courbèrent davantage.

Tréguier souffrait de son pied écrasé, et sa main brûlée recommençait à le chatouiller. Cela devait provenir de sa fatigue, de son sang glacé... C'était la première nuit qu'il passait hors de son lit... Ça lui était pénible. Terriblement. Ses paupières s'alourdissaient, et aussi ses membres inférieurs, minés par une mauvaise fièvre.

— J'en peux plus, souffla-t-il à Blondeau, qu'il précédait.

— Faut tenir, p'tit vieux ! l'encouragea l'ancien. On s'en fait un monde au début. Mais tu vas voir, c'est pas trop duraille. Pense à rien, économise tes forces.

— Mon pied m' fait mal, j' crois qu'il enfle.

Tréguier entendit un ricanement devant lui : « Son pied lui fait mal ! Laissez-moi me marrer ! N'a qu'à faire comme moi, marcher pieds nus. »

Tréguier reconnut la voix gouapeuse du Rat.

Les chaussures, les sabots adhéraient au ciment, le rabotant d'un mouvement monotone, continu. Le bruit de la marche berçait les pupilles, et aussi le regret de leurs lits.

Les têtes étaient vides de toute autre pensée. Lorsque l'horloge égrena la demie d'une heure, Tréguier marchait, les yeux fermés, traînant la jambe, dormant à moitié, le menton coincé dans l'encolure de son capuchon. Quand l'odeur des chiottes dominait celle, visqueuse, du brouillard, il savait qu'il venait d'accomplir un tour complet. De temps en temps, Blondeau s'inquiétait :

— Tu roupilles ?

— Rin... in... in, grognait Tréguier pour le rassurer.

Il devinait derrière son dos le rire muet de son camarade. Comment Blondeau s'arrangeait-il pour ne pas être repéré ? Toujours est-il qu'il fumait, car des senteurs de tabac le dépassaient.

Des bruits de pas précipités, des injures, le choc mat de poings écrasant la chair, le tirèrent de sa somnolence. Il rouvrit les yeux : à vingt mètres de lui, trois silhouettes s'agitaient en criant. Elles en entraînèrent une autre. Tréguier vit des bras se lever, comme pour une supplication. Les bras retombèrent... Un cri plaintif jaillit de l'enchevêtrement...

— Qu'est-ce qu'arrive ? s'inquiéta-t-il.

— Un gars qu'en pouvait plus, grommela Blondeau.

Les surveillants venaient de trouver un os à ronger...

— A quelle heure qu'on va retourner au lit, d'après toi ?

Frigo précédait Tréguier. Ce fut lui qui répondit :

— Tu peux pas savoir avec eux. Ça dépend de la « vache ». C'est le surveillant général. S'il est en pétard avec sa gonzesse, il est pas pressé d'aller la rejoindre. Sinon, on a une chance.

Puis il ajouta :

— Dire qu'y a pas pus teigneux que c't' enfifré-là et qu'il a le trac de sa bourgeoise !

— Paraît qu'elle le bat, renchérit Bras-d'Acier, qui marchait devant Frigo.

— C'est vrai qu'elle est costaud, reconnut le Rat. C'est pas une femme, c'est une Hercule !

— Oui, dit Bras-d'Acier. N'empêche qu'elle a un beau cul !

— Tu l'as vu ? s'enquit une voix anonyme.

— Hé ! hé ! répondit évasivement Bras-d'Acier. Ça c'est mes oignons.

— C'est égal, fit une voix où perçait la jalousie... Dire que cette bringue de Fil-de-Fer passe à travers la pelote. Il est veinard de s' farcir du cachot par une nuit pareille !

Deux coups se répercutèrent dans la ville endormie. L'horloge de l'établissement, avec retard, tinta deux fois elle aussi. Peu après, la pluie se mit de la partie. D'abord finement, comme un essai délicat ; puis en trombe. Elle rebondissait sur le zinc du préau, accompagnant de ses crépitements joyeux la promenade forcenée. Les pupilles ne s'en souciaient pas. Leurs pas étaient mous ; l'appel du sommeil cassait en deux leurs corps à peine formés. Même quand ils passaient à découvert, dans l'avancée de cour, ils n'accéléraient pas leur marche. Ils n'avaient plus la force de se protéger de la bourrasque... Aucune force. Ils se laissaient tremper, se foutaient de tout, de vivre ou de mourir.

La lassitude marquait les gaffes eux aussi ; leurs cigarettes ne rougeoyaient plus sur les flancs des pelotards. Ils demeuraient à l'abri du préau et à leurs rires gras, accompagnés de plaisanteries, on sentait qu'ils se mettaient en quatre pour distraire la « vache ». Parfois néanmoins, l'un d'eux remontait la colonne en courant, fonçait sur les chiottes et, lampe électrique en main, fouillait les lieux d'aisance pour y surprendre un « planqué ». Les portes rabattues d'un coup de pied brutal annonçaient aux garçons que le chasseur en était pour ses frais.

Dans la dernière heure, trois fois encore des malédictions, des supplications couvrirent le frottement des pieds fatigués. Trois os de plus pour le surveillant général... Des toux de plus en plus fréquentes fusaient de la ronde maudite. Le froid, l'humidité s'infiltraient à travers les vêtements et, par le nez, la gorge, montaient à l'assaut des jeunes bronches fragiles.

Pour sa part, Tréguier, afin de conserver un minimum de chaleur, avait glissé le bas de son pantalon dans ses chaussettes ; c'était pas joli, mais cela le garantissait un peu du vent qui zigzaguait à ras du sol. Quant à son béret, enfoncé jusqu'aux sourcils, il dérobait ses oreilles aux courants d'air sournois à l'affût d'une otite. Au fond de ses poches, ses mains brûlaient d'une chaleur inhabituelle ; par contre ses pieds, même celui que le Rouquin avait écrasé, étaient glacés. Pour laisser le sang circuler librement dans son pied douloureux, il avait délacé sa chaussure droite, ce qui l'obligeait à la traîner comme un boulet.

— Tu tiens bien le coup, mec ! constata Blondeau, pour lui remonter le moral ; j'en reviens pas. J' t'avais affranchi que c'était pas bien terrible. Le tout est de serrer les dents, comme si on voulait te forcer à bouffer de la merde. C'est simple...

— Tu parles ! dit Tréguier, lui rendant sa cigarette dissimulée dans le creux de sa main. Ça serait simple aussi si on était dans nos lits, à dormir.

— Mais voilà, on n'y est pas !

— T'es philosophe.

— J'en sais rien. Depuis que j' suis au monde, j'ai pas mal récolté. Et j' sais que pour supporter le choc, on doit toujours s' dire que ça pourrait être pire.

— Qu'est-ce qui te faut de plus ! soupira Tréguier.

Blondeau égrena un rire.

— C'est pourtant comme ça. Au lieu d'être ici, tu pourrais déguster à Aniane ou ailleurs. Alors là, t'aurais le droit de te plaindre, car la vie d'ici, c'est d' la tarte à côté.

Quand ils eurent doublé le groupe des gaffes, Blondeau enchaîna :

— Bien sûr, si ton dab avait tiré sa crampe dans un palace ou dans un château, tu serais pas là. Mais à ça, on n'y peut rien. Tu dois encaisser. Et si y avait pas une chiée de types comme nous, qu'est-ce qui deviendraient les gaffes, les juges et tout le bordel ! Hein ? Tu peux m' le dire ? Hier midi, j'ai pas tout entravé ce que Fil-de-Fer déconnait à la « vache », mais si y avait pas de guerre et de parents un tantinet enfoirés, on serait pas obligés d' se farcir du footing à deux plombes du mat'. Remarque que j'en veux à personne ; j' suis d'aplomb sur mes guibolles. Ça m' suffit pour être heureux.

— Ton père a été tué à la guerre ?

— J'en sais rien. On m'a juste dit qu'il s'était tracé avant que j' vienne au monde.

— Et ta mère ?

— Cannée... le jour de ma naissance.

— T'as pas d'autre famille ?

— Non. C'est aussi bien. De cette façon, j'ai personne à remercier.

Par inattention, Tréguier trébucha sur le talon qui le précédait.

— Hé ! dis donc toi là ! grogna Frigo. Prends pas mes panards pour la gueule d'un gaffe !

— Excuse-moi, dit Tréguier, lui laissant prendre du champ.

Puis pour l'amadouer :

— T'es pas trop fatigué ?

— Moi ? Non, ça gaze. Comme dit l'ami Louis, faut être content de son sort. Moi, j' le suis.

Et, avec une intonation gouailleuse :

— Bien sûr, si j'avais été fils de rupin, ou, mieux, fils de roi, ça m'aurait pas gêné non plus. Ça j' l'avoue.

Il tourna vers Tréguier sa face ronde, voilée par l'immense béret :

— Ç'aurait pu se faire ! Tu crois pas ?

— Ma foi..., admit Tréguier, réprimant un sourire.

Il n'eut plus à nouveau devant les yeux que la nuque du « Fils de Roi », enroulée, en guise d'écharpe, dans une vieille serviette trouée.

Blondeau, derrière lui, s'esclaffait :

— Fils de roi ! Il y va pas de main morte, le Frigo. Il a de l'ambition.

— Y a rien de drôle là-dedans, plaisanta Frigo. J'aurais pu naître au Louvre. On m'aurait baptisé Frigo Ier, ou Frigo XIV. Vous auriez vu ma photo dans les bouquins d'histoire... Les mômes, en classe, m'auraient trouvé une bonne tête... C'est pas comme ici ; les gaffes disent tous que j'ai une gueule d'assassin !

Tréguier se gara vivement de la pisse que Frigo dispersait en éventail sans cesser de marcher, et interrogea, piqué au jeu :

— T'aurais fait du bien ?

Frigo soupira d'aise, prit son temps pour se rajuster, répliqua :

— Et comment ! D'abord, j'aurais fait couper le cigare à un substitut que j' connais. Une brave ordure qui s'occupe des tribunaux d'enfants. Ensuite à un directeur de patronage que j'aime bien, j' lui aurais pas fait grand-chose... Non... J' l'aurais juste obligé à becter ses couilles toutes rôties.

Frigo était lancé. Il avait dû, sous son crâne rasé, mijoter ces représailles depuis son plus jeune âge... Son crâne que n'avait jamais approché le peigne... et pour cause ! Car il reprit, après une quinte de toux du Noiraud :

— J' me serais aussi occupé de tous les présidents constipés et des journalistes de mes fesses qui se penchent soi-disant sur « l'enfance délinquante », comme ils disent, et à ceux-là...

— Tu charries ! coupa Blondeau. Moi j' lis les canards au-dehors... Y a des journaleux qui sont chouettes avec nous ! Albert Toucher et Denan par exemple.

— J' te cause pas de ceux-là ! se récria Frigo. Ceux-là, y seraient mes ministres, quoi ! Non, j' te parle des connards qui s' font passer pour des braves mecs, tout ça parce qu'un jour ils ont foutu leurs panards dans une maison de redressement. Quand ils ont fait ça trois, quatre fois dans leur putain de vie et qu'ils ont demandé si la soupe était bonne, ils avancent leur boutonnière en avant pour qu'on leur y colle un ruban rouge.

Frigo s'emporta subitement, perdant pour une fois son habituel sang-froid :

— En fait de rubans, c'est avec des coups de pompe au cul que j' te les décorerais ! Puis j' te les enfermerais pendant dix piges chacun. Comme ça ils auraient le temps de le savoir, si la soupe est bonne et les matelas bien tendres.

— T'oublies les gaffes dans ta distribution, remarqua le Rat, rancunier.

— Oh non ! s'exclama Frigo... Les gaffes, eux, j' te leur réserverais un traitement au poil. D'abord, j' ferais raser les colonies pénitentiaires et le crâne des gaffes par-dessus le marché. Ensuite, j' te bouclerais tous ces fumiers dans une belle prison et j' mettrais les pupilles pour les dresser.

Un rire secoua une dizaine de garçons. Ils s'y voyaient déjà !

— Et pelote toutes les nuits pour ces Messieurs, spécifia Frigo. Toutes les nuits... Toutes.

— Ouais ! ronchonna le Légionnaire, que ces belles perspectives ne semblaient point convaincre. En attendant, c'est nous qui nous l'appuyons !

Profitant de ce que leur file arrivait à proximité des chiottes, Tréguier se mit à tirer la jambe à côté de Blondeau ; marcher côte à côte lui paraissait moins pénible.

— Pourquoi que les coupables y se dénoncent pas ? Ça éviterait la tuile aux autres !

Le grand cracha un de ses éternels mégots, soutint le nouveau par le bras pour le soulager et dit :

— Parce qu'ils sont trop nombreux dans le coup. Quand la réserve saute, y a toujours un tas de gars à en profiter. Et puis on a pour principe de s'épauler contre les gaffes. Sans compter que si un mec jactait, il pourrait numéroter ses osselets !

— Autrement dit, on va jouer les écureuils pendant longtemps, puisque personne veut céder ?

— Crois pas ça. Pour éviter d'avoir trop de malades à la visite, la « vache » va mettre les pouces. Ce qui l'emmerde le plus, c'est les gars qui turbinent en ville. Car ils parlent... Et dame, y a parfois des plaintes... qui n'aboutissent jamais, comme de juste, puisque pour les honnêtes gens nous sommes des bandits ! C' qui autorise les gaffes à faire de nous c' qu'ils veulent. Et, comme blaguait tout à l'heure Frigo, il vient parfois un inspecteur... qui inspecte surtout le menu de la table du directeur. Le tour est joué... La soupe est bonne, quoi !

Tréguier, guère rassuré sur son avenir par les explications de son camarade, remonta à sa place au moment de passer devant les surveillants. La pluie avait cessé. Le brouillard, une purée de pois, frottait son épaisseur sur la grille des ampoules qui n'éclairaient plus que par des filaments jaunâtres. Soûlées de liquide, les gouttières dégueulaient leur trop-plein. Le bruit se répercutait dans les cerveaux aux réflexes endormis. La demie de deux heures lança une note lugubre sur les têtes courbées. Aucun ne parlait plus. Ivre de fatigue, de détresse, chacun se calfeutrait dans ses pensées. Tous espéraient le signal libérateur.

Un persistant goût de suie emplissait la bouche de Tréguier. Pourtant, il s'appliquait à respirer par le nez... Mais le brouillard se montrait plus malin que ses précautions... Aussi, en arrivait-il à le mâcher, pour essayer de s'en débarrasser.

Trois heures sonnèrent... Un roulement de sifflet suivit : les pupilles stoppèrent sur place. Second roulement : fendant la purée de pois, ils coururent prendre position devant leurs dortoirs respectifs.

Dans un garde-à-vous incertain, ils jetaient un œil de convoitise sur les portes brunes qui les séparaient du repos, de la bonne chaleur de leurs couvertures.

— Alors, mes agneaux ? eut la force de hurler la « vache », adossé à la porte du dortoir B. Êtes-vous décidés à parler ?

Au grand désespoir des garçons, il attendit quelques minutes, tira une bouffée de sa courte pipe, sacra :

— Vingt dieux ! Toujours têtus, hein ? C'est bon ! Allez vous coucher... Je vous reprendrai en main ce soir.

Chose étonnante, le Gobi ne fit pas l'appel. Peut-être en avait-il sa claque, lui aussi ?

Imitant le Noiraud, Tréguier enleva juste ses chaussures, sa pèlerine et tout habillé se coula dans son lit. Sa tête n'avait pas touché le traversin, qu'il dormait.

IX

Mornes, les mois avaient passé. Août était là, torride. Tréguier approchait de ses quinze ans. Du jeune gars naïf, guère méchant, qu'on avait vu débarquer par un soir de novembre de son orphelinat, il ne restait rien. Si à Saint-Jean il éprouvait parfois des élans de tendresse, le besoin de s'épancher, et si là-bas il refrénait ces mouvements, ce n'était que par méfiance, par crainte de passer pour un idiot. A vrai dire, à qui se serait-il confié ? Tout de même, à l'époque, il croyait en quelque chose de propre, de pur. Tout cela était fini. Ses espérances n'existaient plus. Elles s'étaient fondues dans les nuits de pelote, dans les batailles sauvages et sans pitié, sous les triques de la chiourme, dans les jours de cachot et surtout dans les mœurs régnant dans l'établissement.

La première fois où, entrant au hasard dans le dortoir, il avait surpris, à genoux entre deux lits, deux pupilles accouplés, il avait failli vomir son rata. Cette vision avait bouleversé les croyances religieuses qu'on lui avait inculquées dans son orphelinat. Il ne restait rien non plus de sa religion. De-ci, de-là, surnageaient, comme ouatées, des parcelles de prières... Quelque chose comme une leçon oubliée.

Les mois écoulés l'avaient transformé. Physiquement, il avait forci. Son regard avait perdu le reflet de l'enfance ; il était attentif, méfiant, inhumain. Les cicatrices de son corps, celles qui zébraient son crâne rasé, attestaient les coups reçus.

Au moral, il était devenu teigneux, impitoyable. Comme tous ses camarades, il était perdu pour la société...

Néanmoins, il avait découvert un trésor dans ce lieu de déments. Et quel trésor ! L'amitié. Cela ne ressemblait pas à ce qui, jadis, le liait à Berland. C'était plus profond, plus viril. Une vraie trouvaille ! Blondeau, lui et Fil-de-Fer étaient amis. Amis comme on ne peut l'être qu'en ces endroits. Toutes leurs ressources, leurs peines, leurs joies étaient mises en commun. Entre eux régnaient une fidélité, une loyauté à toute épreuve. Ils se l'étaient prouvé les uns aux autres à plusieurs reprises.

En ce dimanche trop chaud, Tréguier était allongé à côté de Blondeau, à l'ombre du préau. Le pourtour de la toiture découpait un rectangle dans le ciel d'un bleu irréel qui donnait envie de s'évader.

Quelques pupilles traversaient la cour d'un pas traînant pour aller boire à la fontaine, voisine des chiottes. Molina, cuivré comme un Indien, la sueur au front, surveillait sa partie de passe. Tout contre lui, un blondinet nouvellement arrivé béait d'admiration devant la force de son mâle. Le Gobi, de service, venait parfois jeter un coup d'œil rapide, sans conviction, avant de s'en retourner à la confection de ses punches glacés. Le zinc chauffait dur au-dessus des crânes. L'air raréfié alimentait mal les poumons. Torse nu, la nuque sur l'oreiller fait d'un sabot enveloppé dans son bourgeron, Blondeau contemplait le bout de ses doigts de pieds dénudés. D'un geste mou de la main, il essuya les poils roux qui meublaient sa poitrine, soupira :

— Y fait tiède...

— Plutôt ! dit Tréguier, suivant d'un œil d'envie le vol paresseux d'un oiseau qui se baladait, très loin dans le ciel... à une hauteur où n'existent ni murs, ni grilles, ni contraintes, ni haines.

— Comme tu dis ça ! s'inquiéta son ami. Tu pensais à quoi ?

— A rien... des conneries !

— Cafard ?

— Même pas...

— Et Fil, où qu'il est ?

— J'en sais rien. Je l'ai pas revu.

Blondeau attira à lui le paquet de cigarettes placé entre eux, en alluma une, la tendit à son copain, s'en offrit une autre. Le couvercle de son curieux briquet d'amadou cliqueta lorsqu'il grommela :

— C'est drôle qu'y soit pas là. Y m'a paru bizarre à midi. Y t'a rien bonni ?

— Ma foi non. Il est pas bien causant depuis hier.

— Oui, j'ai remarqué ça. C'est la bafouille de sa vieille qui l'a retourné. Elle a encore dû lui écrire des conneries. Tu t' souviens qu'il espérait décarrer pour le mois d'août ? Comme si c'était possible !

— Pourquoi pas ? se rebiffa Tréguier, sans conviction. Après tout, c'est sa dabe ! Elle l'a foutu au monde, non !

— Ouais ! marmonna Blondeau. C'est pas ce qu'elle a fait de mieux. Tant qu'à l'élever comme ça, elle avait qu'à le laisser dans le bidet !

Il se gifla l'épaule... Une grosse mouche verte regagna les chiottes, et il ajouta, blagueur :

— Dans notre genre, on est plus veinards que lui. N'ayant pas connu nos daronnes, on peut croire qu'elles nous auraient bien piffés. Tandis que lui...

Blondeau visait le pouce de son doigt de pied. Il y dirigea un crachat, manqua son but, et gronda, subitement attentif :

— Qu'est-ce qui lui prend à l'autre grande noix de se balader sans béret ? Avec ce soleil, il va récolter un coup de buis sur la tronche, sûr !

Tréguier abaissa son regard. Mains dans les poches, Fil-de-Fer traversait la cour d'un pas mélancolique. Son immense échine cassée en deux, il soulevait, de ses sabots aux bouts pointus, une poussière qui donnait soif rien que de la regarder. Il arrêta ses pas désabusés près de la partie de passe, s'y attarda un instant, puis s'en vint lentement vers ses copains. Dégringolant de ses fesses, son bourgeron de treillis, trop long, piquait vers le sol comme une queue-de-pie.

— T'en fais une gueule ! lui lança Blondeau en guise de bienvenue. T'as donc rien à bouffer ?

— J'ai pas faim, déclara faiblement Fil-de-Fer, un pli amer au coin de la bouche.

De lui, une telle déclaration intrigua Tréguier. Il se mit sur son cul pour mieux voir le grand.

— C'est vrai que t'as pas faim ? demanda-t-il, étonné.

Fil fit « non » de la tête.

— Merde, alors ! s'exclama Tréguier. On aura tout vu ! Louis et moi on t'attendait pour casser la graine. On a du pain et du siflard... Vrai, tu veux pas becter un bout ?

— Non, je vous remercie ; je ne pourrais pas avaler.

— Tu t'emmerdes ? s'informa gentiment Blondeau.

Les bons yeux de leur ami, qu'ils n'avaient jamais vus si tristes, se fermèrent sur son chagrin muet.

— Qu'est-ce qui t'arrive ? s'alarma Blondeau.

La grande carcasse reflua vers le soleil.

— Hé ! t'en va pas, Fil, reprit Blondeau. Raconte, ça t' soulagera.

— Vas-y, dit Tréguier, encourageant Morand d'un sourire.

Fil revint à l'ombre du préau, murmura difficilement :

— Maman m'avait promis de me reprendre pour le mois d'août...

— Oui, on le sait. Alors ?

— Elle m'écrit que c'est impossible... Que je dois attendre la Noël.

— Ben, c'est aux œufs, ça ! applaudit Blondeau pour le réconforter.

Un profond soupir s'échappa de la poitrine de Fil ; un masque de détresse recouvrit sa pauvre gueule. Il secoua négativement la tête :

— J'y crois plus ; j'ai plus confiance.

Tréguier comprenait sa déception. Tous les soirs avant de s'endormir, Fil l'avait soûlé de ses projets de départ, à un point tel qu'une fois, énervé par ses vantardises, il l'avait rembarré, lui souhaitant de rester bouclé avec eux. Son souhait venait de se réaliser ; il n'en éprouvait aucune joie. Au contraire. C'est qu'il aimait bien Fil.

— Te bile pas, dit-il. La Noël va vite venir. D'un sens c'est mieux comme époque, puisque c'est le moment des cadeaux. Tandis que maintenant, t'aurais mes couilles...

— Oui, mais je me serais trouvé près d'elle, dit Fil doucement. Vous pouvez pas comprendre...

Appuyant sur ses copains un regard étrange, il ajouta d'une voix découragée :

— Elle viendra plus jamais me chercher maintenant... J'en suis sûr.

Et pivotant sur ses talons, il s'éloigna, marmonnant des choses incompréhensibles.

— Il a pas le moral, notre Fil, remarqua Blondeau en s'étirant.

— Mets-toi à sa place, dit Tréguier, suivant de l'œil la silhouette décharnée qui, à nouveau, s'offrait aux rayons ardents.

— C'est pas marrant. Mais qu'est-ce qu'on y peut ?

Endurci comme l'était Blondeau, le chagrin de leur copain, tout en le touchant, ne représentait pour lui qu'un incident, qu'une peine de plus parmi celles qu'il avait côtoyées depuis son enfance.

— On ferait mieux d' bouffer un morceau, reprit-il. As-tu les crocs, toi au moins ?

— Pardi !

— Alors, mettons le couvert, plaisanta Blondeau.

De dessous son oreiller improvisé, il tira un énorme morceau de pain et un saucisson de belle taille qu'il envoya rouler vers Tréguier.

— Allez ! attaque, dit-il, en ouvrant son couteau.

Quelques pupilles rôdèrent autour de leurs provisions, mais, devant la fausse indifférence des deux amis, s'éloignèrent, déçus.

En dépit de la chaleur, l'appétit des deux gars ne désarmait pas. Ils mâchaient lentement, attentifs à ne pas perdre une miette. Connaissant trop bien la valeur d'un pareil gala, ils le dégustaient avec des mines de gourmets.

— C'est bon, hein ? fit Blondeau, lançant à Tréguier un regard affectueux.

— C'est bon, répondit celui-ci, reconnaissant du festin offert.

Blondeau se tapa sur le front. Un reflet éclaira ses yeux gris.

— J' parie que t'as soif ?

— Ma foi...

La main de Blondeau glissa sous le treillis. Il en ramena une canette de bière, fit sauter le mécanisme d'un coup de pouce, la tendit :

— Tiens, bois !

Tréguier porta le goulot à ses lèvres.

— Mais c'est du pinard ! s'exclama-t-il, ravi.

— Hé oui ! J' l'ai rapporté hier. J' voulais t'en faire la surprise.

Aussitôt, Tréguier réemboucha le goulot. Chaud, écœurant, le liquide lui décapait l'estomac au passage. Il ne s'y attarda pas. Ce goût lui plaisait. Du vin pur ! Le premier de sa vie.

En riant, Blondeau récupéra le flacon.

— Arrête ! Tu vas t' cuiter...

Effectivement, Tréguier ressentait un bien-être inconnu. Le sang affluait à ses joues. Ses yeux distinguaient les joueurs de passe à travers un halo optimiste. Il rota.

— Ben, mon lascar ! blagua Blondeau. T'es pas breton pour rien !

— J'ai plus faim, dit Tréguier, replaçant dans le sabot les restes de pain et de saucisson.

— Moi non plus. Si qu'on portait tout ça à...

— ... Fil !

Ils s'étaient compris... Ils éclatèrent de rire. Blondeau fit claquer sa langue, reboucha la canette et, soudain, s'étonna :

— Pas possible ! Le Bégayeux et la Tomate sont devenus marteaux ! Vise-les disputer un cent mètres par cette chaleur...

Ce n'était pas dans une course que les deux jeunes garçons s'affrontaient. La Tomate s'arrêta près des joueurs pendant que l'autre bifurquait sur eux.

— Il a dû se passer quelque chose, constata Blondeau en voyant les joueurs courir vers le dortoir C.

Le Bégayeux stoppa devant eux. Une agitation extrême paralysait ses moyens d'élocution, déjà réduits :

— C'est Fi... Fi... Fil... C'est Fi... Fi... Fil... Fil qui...

— Qui quoi ? hurla Blondeau, se dressant d'un bond.

— Qui... qui... qui... qui s'est pendu ! larmoya le Bégayeux.

Blondeau pâlit. Agrippant le bourgeron du Bègue d'un geste rude, il demanda d'une voix brève :

— Fil s'est pendu ? C'est bien ça ?

Le gars ne put qu'incliner une tête malheureuse. Blondeau l'écarta d'une bourrade... Ramassé sur lui-même, il fonçait comme un jeune taureau, faisant gicler de ses foulées puissantes des silex qui devaient blesser ses pieds nus. Le soleil tapait sur ses omoplates à la peau rosée et ses coudes accompagnaient le rush de ses jambes au bas desquelles claquait le pantalon de treillis. Désemparé, Tréguier appela de toutes ses forces :

— Louis !

Blondeau ne se retourna pas. Sans souci du Bègue qui haletait, Tréguier s'élança à son tour, oubliant ses sabots lui aussi. Adieu le doux bien-être que lui avait procuré le vin. La sueur coulait de son front, lui brouillait la vue. Sur sa lancée, Blondeau décrivit une trajectoire par-dessus les deux marches, à l'entrée du dortoir. Tréguier accéléra... Cinq secondes après, il boulait dans la demi-obscurité de la chambrée. Le passage entre la cour inondée de soleil et l'obscurité du dortoir fut si brutal qu'il dut se cramponner au premier lit pour ne pas tomber. Des pailles d'or dansaient encore sur sa rétine quand il arriva vers sa place, au fond de la pièce, d'où s'élevait une rumeur assourdie. Un mur de treillis lui bouchait la vue. On avait déporté son lit vers celui du Noiraud. Il se glissa dessous, dans un large espace vide.

— Ah ! c'est toi, fit Blondeau d'un souffle oppressé.

Une telle horreur se lisait sur les visages que Tréguier, pour étouffer la panique qui lui nouait les tripes, tourna résolument la tête vers la fenêtre, là où une ombre gigantesque s'étalait sur le mur.

Ce n'était guère joli... Le menton incliné sur sa poitrine plate, les vertèbres du cou cassées, Morand semblait offrir, à l'admiration des copains, le dessus de son crâne rasé. Sa langue dardait une pointe moqueuse souillée de bave. Sa face boursouflée tirait sur un noir violet, presque mauve. Ses grands bras avaient glissé mollement le long de son corps. L'abandon des doigts de la main gauche disait que Fil avait trouvé dans la mort le refuge qui lui plaisait. Peut-être à l'utilme seconde avait-il eu un dernier sursaut, un dernier espoir, car sa main droite, elle, ne refusait pas la bagarre. Dressée sur le poignet, doigts écartés, elle griffait le vide comme une serre d'oiseau. L'un de ses pieds effleurait le sol. Tout le poids du corps paraissait axé sur l'extrémité de ce pied-là. Vers le bas-ventre, une bosse relevait le coutil du pantalon. Plutôt frigide dans la vie, Fil, dans la mort, bandait. La ceinture en cuir tressé qu'il s'était fabriquée dans son bazar à mites lui cravatait le cou, la boucle servant de nœud coulant. L'autre bout était attaché à un barreau de la fenêtre. Une boule de papier bleu contre le mur attira l'attention de Tréguier. Il se baissa, s'en empara. Un parfum connu monta à ses narines. « SON PARFUM », comme disait Fil. Il enfouit la lettre dans sa poche. S'étant ressaisi, Blondeau grimpa sur un lit et, d'un geste de faucheur, trancha la ceinture. Le corps de Morand dégringola dans les bras de Molina.

— Merde ! grogna celui-ci. Fermons-lui les châsses. Y me fout le trac, ce mec !

Peu après, au milieu d'un désordre incroyable, le corps de Fil fut transporté à l'infirmerie. Les premiers à subir le feu roulant des questions posées par les gaffes furent le Bégayeux et la Tomate, qui avait découvert le corps.

— Puisque je vous dis que nous l'avons trouvé clamsé ! braillait la Tomate, sous le regard soupçonneux de la « vache », installé sur le matelas de Fil.

Quant au Bégayeux, il essayait en vain de s'expliquer.

Bloquée par l'émotion, sa maudite gorge ne laissait sortir qu'un cri animal.

Sans arrêt, les autres gaffes interrogeaient les pupilles. Le Gobi se signalait par son zèle. N'était-il pas de service ? Même le sagouin d'économe se mettait de la partie. Il fouinait dans tous les coins, remuant son gros cul gélatineux, car il remplaçait le directeur parti rejoindre sa jolie femme à leur villa de Deauville.

De tous côtés, les interrogatoires se succédaient. On ne cognait pas encore sur les gars ; on ne les menaçait pas encore de pelote ni de cachot... Mais il ne fallait pas désespérer...

La « vache » venait de renverser sur le matelas la boîte de sapin où Fil rangeait ses bricoles. Il éparpillait d'un index dédaigneux le bric-à-brac qui constituait tout l'avoir de Morand. Deux, trois bouts de crayons, une gomme, une brosse à dents où les poils manquaient, du savon, une serviette usée, une chaussette verte quadrillée de rouge que Tréguier pensa n'avoir jamais vue, une boîte de camembert vide, quelques lettres ficelées par un lacet...

— Les bafouilles de sa dabe ! souffla Tréguier à l'oreille de Blondeau.

Sans se gêner, la « vache » les parcourut. Quand il eut fini, il les jeta en vrac sur le matelas et ordonna à Tréguier :

— Ramasse-moi ce bordel et porte-le devant mon bureau.

Toujours pieds nus, Tréguier regagna la cour, rejoignit Blondeau réinstallé sous le préau. Là, des groupes surexcités ne s'entretenaient que de la mort de Fil. Chacun donnait son avis. Mais tous étaient d'accord pour en rendre responsables les gaffes.

Une gravité inhabituelle durcissait les visages. Les gestes, plus lents, plus mesurés, indiquaient la réflexion. Dits sans colère, les mots orduriers perdaient de leur saveur, mais apparaissaient d'autant plus dangereux. Un ordre mal exprimé, une engueulade injustifiée pouvaient déclencher la révolte. Au fond de lui-même, chacun espérait que ça allait se produire. Le chagrin, d'où qu'il vînt, qui avait conduit Fil au suicide, c'était leur chagrin. Sa misère, leur misère. Cette détresse n'appartenait à personne d'autre qu'à eux. Le corps tendu, la parole frémissante, les anciens racontaient aux nouveaux l'émeute qui s'était déclarée deux ans plus tôt. Tous écoutaient, le regard figé, prêts à foncer sur les surveillants.

Témoins de ce passé, des traces noires sur les murs du bâtiment principal rappelaient l'endroit où les flammes l'avait léché lors de l'incendie allumé par les pupilles. La répression avait été terrible. Blondeau en avait souvent parlé à Tréguier. Les nuits de pelote s'étaient succédé sans pitié. Les cachots, trop petits, avaient vomi leur trop-plein dans les maisons de correction.

A sa place habituelle, la bande à Molina s'était reformée, mais les dés restaient au fond des poches. Dans ce groupe, Tréguier reconnut la voix du Rat, qui déclarait :

— Y a qu'à faire comme dans le temps ! Y a qu'à foutre le rif à leur putain de baraque !

— T'as entendu ? dit Tréguier, prenant place à côté de son ami.

Blondeau tourna vers lui un visage fermé, au regard rapetissé :

— Oui, dit-il.

— Tu penses au grand ?

— Oui… J' l'aimais bien… un bon fieu !

Il soupira, regretta :

— J'aurais cru qu'il tiendrait le coup. J' me figurais qu'il s'en foutait d'être ici. J' me suis gouré.

Il jeta son paquet de cigarettes vide, sortit des mégots de sa poche. Il les décortiqua, les enroula d'une feuille Job qu'il mouilla de salive.

— Tiens, dit-il, tendant la cigarette ainsi faite, prends ! J'ai d'autres clopes.

Ils fumèrent en silence, puis Blondeau dit, les yeux dans le vague :

— Dans le fond, on l'a pas compris. C'était un tendre.

On aurait dû se douter qu'il gambergeait quelque chose... être plus braves avec lui.

Le silence retomba entre eux... La fumée de leurs cigarettes escaladait le préau, disparaissait dans le ciel.

Blondeau, sortant enfin de sa rêverie, lâcha dans un murmure :

— Le grand était un sentimental... C'est con.

— Il aimait sa vieille, dit Tréguier. C'est pas un crime, tout de même ?

— Non. Mais il aurait dû s' faire une raison, puisqu'elle voulait pas de lui.

Tréguier rectifia :

— Son beau-dabe ne voulait pas de lui.

— C'est du kif ! trancha Blondeau. Ça lui enlève rien à elle comme saloperie !

— T'attiges, Louis.

— Pourquoi ? Tu l'excuses ? Avec tout son pognon, elle a laissé boucler son gars et tu trouves ça naturel ? C'est toi qu'attiges !

Blondeau s'anima :

— J' dis qu'une gonzesse qui fait enfermer son môme dans une piaule comme la nôtre, un mec aussi chouette que Fil, incapable d'emmerder personne, j' dis que cette gonzesse est une ordure. Et pourquoi qu'elle l'a collé là ? Parce qu'elle s'en ressentait pour un type. Tu trouves qu'on devrait pas y cracher dans la gueule ? La faire baiser en série par un bataillon de Sénégalais ?

Il lorgna le papier bleu que son copain défroissait, se laissa aller en arrière, grogna :

— Lis voir sa bafouille.

Tréguier obéit, évitant de laisser percer la sécheresse de ces trois mots : « Mon cher enfant. »

— Elle a l'air de lui parler gentiment, dit-il.

— Continue ! ordonna Blondeau sans quitter son air buté.

Tréguier reprit :

« Mon cher enfant... Nous sommes à Biarritz, ton père et moi. Le temps est splendide, la mer est d'un calme magnifique. »

— Quel con !

Tréguier fit mine de ne pas avoir entendu. Il poursuivit :

« ... Ton père avait grand besoin de vacances car sa santé a été fortement compromise, cet hiver, par l'excès de travail. »

— Tu parles !

« Bien sûr, je n'ai pas besoin de te dire à quel point tu me manques. Et j'aurais tant voulu t'emmener, mais ton père a refusé. Les quinze jours de cachot dont tu as été puni au mois d'octobre l'ont contrarié. Il affirme que tu as besoin d'être surveillé de très près. Je sais, mon cher Marcel, que tu comprendras qu'il n'agit que dans ton intérêt. J'ai tenté de le faire revenir sur sa décision, mais tu le connais !... Quoi qu'il en soit, je lui ai arraché la promesse qu'il te reprendrait pour la Noël. Ainsi, ne te tracasse pas, mon grand. Quatre mois sont vite passés. Nous aurons de bons jours cet hiver. Je te laisse car nous déjeunons à Saint-Jean-de-Luz et j'entends ton père qui s'affaire autour de l'auto... Mon cher enfant, je t'embrasse profondément... Ta maman qui t'aime et pense à toi. »

— Ta maman qui t'aime et pense à toi, ironisa amèrement Blondeau. Avec ça, le grand est servi ! Il a pas de bile à se faire, sur son page à l'infirmerie. Ça va lui être utile dans l'autre monde le « Ta maman qui t'aime et qui pense à toi ».

Il cracha son mégot en même temps que son mépris :

— Salope, va ! Puis sarcastique : Elle a juste oublié de lui décrire le menu qu'elle allait se taper dans le patelin où elle partait bouffer... Elle aurait dû donner des détails, se souvenir que son gosse avait bon appétit.

— T'es dur avec elle, dit Tréguier, ému malgré lui par la lecture de la lettre.

Il n'en avait jamais reçu... Ça lui faisait tout drôle.

Blondeau contempla la ligne d'ombre tracée par le soleil déclinant et grinça :

— Pas plus qu'elle l'a été pour Fil.

X

Tréguier s'éveilla la tête lourde. Il avait mal dormi. Logés dans son cerveau, une foule de pendus grimaçants s'y étaient livrés à une danse effrénée. Il souleva les paupières : sur l'anonyme matelas, des couvertures pliées portaient un polochon que la tête de Fil ne creuserait plus. Pour s'empêcher de songer au grand, il tourna le cou vers le Noiraud. Celui-ci, déjà habillé, ratissait de son éternel peigne crasseux son cuir chevelu fraîchement tondu.

Tréguier esquissa un sourire :

— C'est pas demain la veille que tu pourras t' faire une raie ni poser pour une enseigne de merlan, blagua-t-il sans conviction.

— C'est juste, rouspéta le Noiraud. Dire que j' m'étais planqué pour éviter la tondeuse. C' fumier de la « vache » m'a débusqué et expédié au figaro... Tu parles d'une tante !

— T'as tort de t' plaindre, dit Tréguier. Ça fortifie les crins, d'un sens. Ça les embellit !

— T'as peut-être raison, soupira le Noiraud, mais comment veux-tu que j' sache s'y sont beaux ou moches mes tifs ? Depuis que j' suis au monde, à chaque fois qu'ils poussotent un peu, on me les passe au papier de verre ! Alors si j' dois rester au placard toute ma vie, j' saurai jamais si j'étais né pour avoir des ondulations ou pour friser à plat !

Machinalement, Tréguier courba sa nuque en arrière. Il

frémit... Coupé net, un morceau de ceinture descendait du rebord de la fenêtre ouverte.

Le Noiraud suivit son regard et gémit :

— J' sais pas pourquoi qu'y gardent ce truc-là ! Mais bon Dieu ! qu'ils l'enlèvent vite, ça m' fout les foies, ce machin !...

— Faut pus penser au grand, grogna Blondeau qui venait de s'asseoir sur le lit de Tréguier.

Ses sourcils froncés, ses yeux d'une fixité méditative indiquaient qu'il y songeait cependant.

— T'y penses aussi, hein ? murmura Tréguier.

Sans répondre, Blondeau hocha la tête. Puis, d'un bond prodigieux, il s'éleva vers la fenêtre et s'agrippa aux barreaux. Opérant un rétablissement, il s'accouda sur le rebord et se mit à dénouer la ceinture. Il s'escrima de ses ongles, sacra et retomba sur le sol : le morceau de cuir se balançait dans sa main.

— T'aurais pas dû ! reprocha Tréguier. Si y a une enquête, les gaffes vont gueuler.

Blondeau haussa les épaules :

— Penses-tu. C'est d' la connerie, leurs enquêtes. Fil est mort, un point c'est marre. Et si les autres empiffrés sont pas contents...

Assis sur son lit, nu selon son habitude, Molina ricana :

— C'est con qu' ça soit pas de la corde ; j'en aurais pris un bout. Paraît qu' ça porte bonheur.

Blondeau fit une volte-face rapide.

— Retire ça, Angélo ! ordonna-t-il d'une voix blanche.

Comme sous la lanière d'un fouet, le torse de Molina se cabra. Il chercha de l'œil le blondinet qui, à quelques mètres de là, semblait épier ses réactions, parut hésiter, gronda :

— Non mais, tu rigoles ?...

Il n'eut pas le temps de sauter de son lit. Blondeau, dans un plongeon, était sur lui. Molina, sous la violence, la soudaineté du choc, s'écroula en arrière. Il voulut dégager son corps des genoux de fer qui lui cerclaient les côtes. Impossible. La main de Blondeau, comme la foudre, zébra l'air et le bout clouté de cuivre de la ceinture de Fil s'abattit, balafrant la joue de Molina. La ceinture, une arme terrible, dans la main de Blondeau ! Vif, brutal, il récidiva à plusieurs reprises. Dans un raidissement de ses muscles, Molina allongea une main, réussit à empoigner une oreille. Il tira à lui de toutes ses forces. Ses dents pointues, entrecroisées comme celles d'un loup, luisaient, à croire qu'elles s'enfonçaient déjà dans le cartilage. Blondeau dut suivre le mouvement imposé. Pour lui crever les yeux, Molina projeta sauvagement son autre main en avant, doigts écartés, en fourche. D'un rien, Blondeau évita le coup ; du rouge tacha sa pommette. Fou furieux, il leva le bras droit loin derrière son épaule musculeuse et, dans un han, l'abattit. Le coup sonna Molina à la tempe. Il lâcha prise... Ses bras retombèrent, ses cuisses s'ouvrirent, exhibant le sexe qui pendait... Le Gobi, dépeigné, arrivait en courant.

— Mais t'es fou, Blondeau, criait-il. T'es fou !

L'adolescent se remit sur pied, planta son regard hardi dans celui du gaffe.

— C'est rien, chef. Une petite dispute. Pas plus.

Molina lâcha un soupir, se secoua pour revenir à lui, se dressa sur ses fesses. Des rigoles sanglantes hachuraient son visage d'un gris de cendre. Comme celles d'un fauve, ses prunelles étincelaient. Il respirait le meurtre. Le gaffe les contempla l'un après l'autre et grommela :

— Vous ne voyez pas dans quelle situation vous me mettez ? Je ne sais pas ce qui me retient... Enfin, pour cette fois... Et se tournant vite vers le reste du dortoir : Aux lavabos, en vitesse ! hurla-t-il. Tas de propres-à-rien !

Le midi, au réfectoire, tous les regards convergeaient vers la place désormais vide de Morand.

Quand Blondeau, du geste coutumier, eut repoussé au centre de la table les boules de pain découpées, personne ne se rua... Le grand n'était plus là... Le Rat lui-même, qui adorait faire renauder Fil en le devançant dans sa course aux croûtons, se tint coi ; une lippe songeuse ourlait ses lèvres minces.

— Y a un os à moelle dans la galtouse, remarqua Blondeau. Lui qui les aimait tant !... Qui le veut ? Il fallut répéter l'offre avant que la Tomate se décidât à tendre sa gamelle.

La pitance s'expédia au milieu d'un épais silence. Car l'ombre de Fil planait sur leur tablée. Son souvenir trop proche les empêchait de manger. Au lieu d'un seul, quatre gaffes parcouraient l'allée centrale. L'air soupçonneux, ils guettaient, sur les mines fermées, le signe d'une rébellion possible. Derrière le bureau de l'estrade, on savait accrochés les nerfs de bœuf qui servaient dans les grandes occasions. Et sur le seuil de la porte, le dos au jour, la « vache » surveillait, immobile, les mains dans les poches de son pantalon. Un rayon de soleil le frappait de biais, éclairant sa gueule cruelle de dompteur. Ce fut le Gobi qui, le premier, aperçut le directeur, rentré en hâte de Deauville. Il lança un « Fixe » avertisseur... La « vache », ôtant les mains de ses poches, s'effaça, confus. Vêtu de gris perle, le nouvel arrivant considéra les pupilles d'un air préoccupé, puis se pencha vers son surveillant général. Celui-ci tressaillit et hurla :

— Repos !

A peine furent-ils rassis qu'il appela :

— Tréguier ! Viens voir ici.

Interloqué, le garçon se dressa, enjamba son banc.

— Qu'est-ce qu'y t' veulent ces enculés-là ? siffla Blondeau entre ses dents. T'as pas fait le con ?

— J' pense pas, murmura Tréguier, glissant ses pieds nus dans ses sabots.

Il s'arrêta devant les deux hommes.

— Dis donc, Tréguier, fit le directeur, tu étais bien le meilleur camarade de Morand ?

— Oui... Heu... enfin, on couchait côte à côte, hésita le garçon, que la méfiance ne quittait plus.

— C'est bien, reprit le directeur. Les parents de Morand désirent te connaître. Mets ton béret et accompagne-moi à mon bureau.

A sa suite, Tréguier pénétra dans une confortable pièce

vitrée dont les beaux meubles affirmaient la prospérité de la baraque. Effondrée dans un fauteuil, une femme sanglotait. Une abondante chevelure blonde croulait sur ses doigts crispés aux tempes. De grosses larmes sillonnaient ses joues bronzées, se perdaient dans un jabot de dentelle blanche. Une croix en diamants pendait à son cou. Elle était vêtue de flanelle grise, chaussée de gris également. L'homme, plutôt gras, debout à ses côtés, l'œil sec, était habillé d'un complet de même couleur. « Merde, ils sont tous fringués de la même étoffe ! » songea le garçon. La dame leva sur lui un pauvre visage désespéré et s'efforça de lui sourire gentiment.

— Ainsi, c'est vous Yves Tréguier ? fit-elle, d'une voix brisée.

— Oui, M'dame, grogna-t-il, se tenant sur le qui-vive.

La mère de Fil reprit :

— Mon petit Marcel me parlait beaucoup de vous dans ses lettres. Vous vous entendiez bien, n'est-ce pas ?

— Oui, M'dame, répéta-t-il, sans se départir de sa réserve.

Le directeur dut voir, dans le ton du pupille, une manière d'insulte, car, fronçant les sourcils, il ouvrit la bouche... Mais la mère du grand le devança :

— Laissez-moi lui parler, monsieur Taréchian, voulez-vous ? Ne le heurtez pas, de grâce !

Dans le visage tourmenté, les mêmes yeux marron tendre, ceux de Fil, jetèrent à Tréguier une supplication :

— Vous aimiez bien Marcel aussi, n'est-ce pas, mon petit ?

La douceur de sa voix énerva le garçon davantage.

— Oui, Fil-de-Fer était mon copain, dit-il, appuyant méchamment sur le mot « était ».

D'un grand sac gris, du même cuir que ses chaussures, elle sortit une pochette parfumée, en tamponna ses paupières rougies et, dans un souffle, ouvrant des yeux effarés :

— Vous l'appeliez Fil-de-Fer ?

Une autre crise la cassa en deux.

Son mari lui tapota les cheveux.

— Là... là..., dit-il. Ressaisissez-vous, ma chère. A quoi bon vous torturer, voyons !

Il lança un regard courroucé à Tréguier et continua :

— Vous ne trouverez pas d'apaisement auprès d'un garçon de ce genre. Croyez-moi, il est préférable de ne pas prolonger ce pénible entretien.

L'orteil de Tréguier griffa le bois de son sabot. C'est avec joie qu'il l'aurait enfoncé dans le ventre grassouillet.

— Je crois que ça suffira, Tréguier ! dit le directeur sèchement. Tu peux retourner dans la cour rejoindre tes camarades.

Le pupille, sur l'épais tapis, faillit se flanquer le nez par terre en opérant le demi-tour réglementaire.

— Non, non ! supplia la femme au fond de son fauteuil. Je vous conjure, monsieur Taréchian ! Laissez-moi lui parler.

— Reviens, Tréguier ! jeta impérativement le directeur.

Automate bien dressé, le pupille obéit. La dame se leva. Elle était moins grande que Fil, et Tréguier observa que ses formes étaient beaucoup plus rembourrées que celles de son copain. Elle s'approcha très près, lui mit une main sur l'épaule. Le parfum, SON PARFUM, qu'il reconnut sur-le-champ, l'enveloppa. Il se décida enfin à la regarder. Devant tant de détresse, il se sentit flancher. Quelque chose d'inconnu, de bizarre, lui serra la gorge.

Elle dit, mélancolique, lui pétrissant l'épaule comme on ne lui avait jamais fait :

— Vous ne voulez pas me parler de lui ? Je serais si heureuse...

— Si, M'dame, balbutia-t-il en courbant le front.

La main abandonna son épaule, effleura sa joue, puis caressa son crâne rasé. Etait-ce possible que des êtres puissent montrer tant de douceur dans leurs mouvements ? La caresse, légère et apaisante, le bouleversait. Ça lui coupait les jarrets plus qu'une bagarre au finish.

— J'aurais voulu voir l'endroit où il couchait, poursuivit-elle. Vous ne voudriez pas m'y accompagner ?

Tréguier hocha brusquement la tête dans la direction du bureau. La main, glissant de son crâne rasé, revint se poser sur son épaule.

Visiblement mécontent de cette lubie, M. Taréchian, du

regard, consulta le mari. Celui-ci écarta les bras d'un geste d'impuissance.

— Bon. Nous allons y aller ensemble, se décida le directeur.

— Je désirerais également rencontrer Blondeau, reprit la mère de Fil.

Elle se tourna vers son mari.

— Marcel, dans ses lettres, me parlait aussi beaucoup de ce garçon. Cela me plairait d'avoir un contact avec lui. Il a été tellement gentil, paraît-il.

— Blondeau travaille en ville, Madame, spécifia le directeur. Si vous tenez absolument à le voir, nous devons nous hâter.

Les cris, les discussions cessèrent lorsque leur groupe parut dans la cour.

— Monsieur Oudié ! appela le directeur.

Le Gobi, de service et à son poste, pour une fois, s'approcha dans une courbette.

— Monsieur Oudié, je vous présente les parents de Morand.

L'échine du Gobi se courba encore plus.

— ... Ces messieurs-dames voudraient s'entretenir avec Blondeau. Est-il encore là ?

— Oui, monsieur le Directeur. Il vient de s'en aller vers le dortoir. Voulez-vous que j'aille le chercher ? demanda le Noir.

— Inutile, nous le rejoindrons là-bas.

Et glissant son bras sous celui de la femme en larmes :

— Mon épouse sera navrée de ne pas s'être trouvée là pour vous recevoir... Une mère est toujours plus indiquée dans ces douloureuses circonstances. Hélas ! il lui a été impossible de m'accompagner. C'est regrettable.

« Tiens ! se dit Tréguier. Le singe a un moutard... Première nouvelle !... A moins qu'il lui raconte ce bobard pour la réconforter ! »

La mère de Fil marchait devant, toujours soutenue par le directeur. Derrière eux, portant à la main son chapeau de paille fine, venait le beau-père. Il avançait d'un pas important, le torse bombé, sans daigner honorer d'un regard les pupilles qui s'écartaient sur leur passage. Quant à Tréguier, il suivait un peu en retrait, gêné d'être vu avec tout ce beau linge.

Assis à côté du Bégayeux sur la marche du dortoir A, le Rat, de la tête, lui lança une muette interrogation.

— C'est les parents de Fil, souffla Tréguier sans s'arrêter.

— C'est... c'est... c'est... quoi... quoi ? s'informa le Bégayeux, qui n'avait pas compris.

— C'est... c'est... c'est... quoi... quoi ? singea le Rat en lui tordant le nez.

Puis de sa voix de gouape, exagérant son accent faubourien :

— C'est les père et mère de Fil, hé, pomme cuite ! Y viennent voir si leur môme a pris du poids depuis qu'il est à la ratière.

Vexé, mû par un réflexe qu'il dut aussitôt regretter, l'homme en gris pivota sur lui-même. Il se fit cueillir par le regard en vrille du Rat, qui essayait de donner à sa face crapule un air d'innocence totalement loupé. Le beau-père hésita un instant, pinça les lèvres, reprit sa route sans mot dire.

La voix hargneuse du Rat le rattrapa comme il longeait le dortoir B :

— T'as vu la gueule qu'il a fait ? Il a beau marcher comme s'il avait une plume dans l'oignon, y a vraiment pas de quoi jouer au mariole. Faire boucler son lardon, quand on est fringué comme il l'est, y a de quoi dégueuler !

Le Rat se racla la gorge, cracha de toutes ses forces. Heureusement pour lui et pour le magnifique pantalon gris, celui-ci était hors de portée.

Sans qu'on sût par qui, la nouvelle s'était répandue rapidement. Vautrés sur le ciment, à l'ombre du préau, les gars scrutaient les visiteurs avec curiosité. Quelques-uns même consentaient à se lever à leur approche, beaucoup plus par intérêt malsain que par respect. En effet, la cour était le seul endroit où ils ne fussent pas obligés de se coller au garde-à-vous devant le directeur... Aussi, avaient-ils plutôt tendance, par esprit de révolte, de s'allonger par terre lorsqu'il lui arrivait, chose rare, du reste, d'y passer devant eux.

Adossé au mur, Molina, s'adressant à son escouade, s'exclamait à voix haute :

— Visez-moi les diams de cette gonzesse ! Ben, merde ! Y doit y en avoir pour un packson. Et le mecton ! Gaffez ce qu'il a aux pognes !

Accrochée au petit doigt du beau-père, une pierre éclaboussait de ses feux la paille tendre du chapeau.

— C'est rien ça ! dit une voix dans le groupe. Paraît qu' devant la lourde, y a une bagnole plus longue qu'un sous-marin. Même que c'est les gars de la cuistance qui l'ont su par l' pipelet.

Convaincus par cette explication, un « Ah » d'admiration générale fusa de l'équipe à Molina.

— Et pigez comme ils sont sapés... Pigez-moi ça !

Tréguier reconnut la voix du Rouquin.

Les histoires que leur racontait Fil, on y croyait plus ou moins. C'était vrai pourtant ! Le luxe vestimentaire de ses parents dépassait l'attente même des plus crédules.

A la vue de l'éblouissante famille, l'Astucieux se projeta vivement du pucier qu'il écrasait sous sa cosse légendaire. Sans rien comprendre — il n'avait pas vu le directeur — il lança à tout hasard un « Fixe ! » étranglé, à travers la chambrée.

Les quelques pupilles qui rangeaient leurs couverts se figèrent où ils se trouvaient.

— Repos... Ne vous dérangez pas, mes enfants, chantonna le directeur, très affable.

L'Astucieux, bouche bée, se fourragea l'intérieur de l'oreille. Comme Tréguier passait devant son lit :

— Qu'est-ce qui lui prend au singe ? souffla-t-il. Il a briffé du miel ?

Tréguier renversa le pouce du côté des gris chatoyants :

— C'est les vieux à Fil !

— C'est du beau monde, concéda l'Astucieux. Mais pourquoi l'autre fumier est devenu si gentil ?

Puis, pas du tout curieux, ou simplement désireux de marquer son mépris pour ces gens trop bien mis, il se coula sous son lit cette fois, pour y reprendre sa sieste interrompue.

Blondeau ne semblait guère intéressé non plus. Ou bien jouait-il l'indifférence ? En tout cas, quand M. Taréchian stoppa au pied du lit de Morand, il ne se retourna pas.

— C'est ici qu'il couchait, Madame, indiqua le directeur.

Comme saisie de crainte, la mère de Fil effleura la barre transversale du lit où avait dormi son gosse. Puis, avec passion, elle l'étreignit. Une violente crise la courba ; ses pleurs arrosèrent le polochon si souvent humecté par le chagrin de Fil.

Agenouillé entre deux lits, Bras-d'Acier, dans la travée d'en face, cherchait au sol on ne savait quel objet. En réalité, son regard trouble caressait avec insistance les jambes gainées de soie de la visiteuse. La peine maternelle ne devait guère l'émouvoir, si Tréguier s'en rapportait à son manège, dont il connaissait d'avance la conclusion.

M. Taréchian attendit que la crise eût diminué de violence, puis, soucieux de créer une diversion, il proposa :

— Voulez-vous que je vous présente Blondeau, Madame ?

Comme, de la tête, elle acquiesçait en silence sans cesser de se tamponner les yeux, le directeur appela :

— Blondeau !

Le grand gars, lentement, tourna un visage vide d'expression.

— ... Viens voir ici ! Les parents de Morand désirent te connaître.

L'adolescent parut hésiter et s'approcha, triturant son quart entre ses doigts carrés. Du sang coagulé, en ligne sombre, lui sabrait la pommette.

La mère de Fil s'assit sur le lit de son enfant. Elle dévora Blondeau du regard et lui tendit une main aux ongles manucurés.

— C'est vous qui avez porté tant d'affection à Marcel, n'est-ce pas ? Vous l'avez protégé, en quelque sorte ! Il me l'a souvent écrit, vous savez...

Massif, l'air buté, continuant à tripoter son quart, Blondeau ignora la main tendue.

Le rouge monta au front du beau-père. Il eut un mouvement d'impatience ; la paille de son chapeau craqua dans ses mains. A ce bruit, les cils de Blondeau battirent. Ses yeux gris eurent une lueur mauvaise.

— Eh bien, Blondeau ! remarqua le directeur, tu ne vois pas que Madame veut te dire bonjour ?

— J' me réserve le droit de dire bonjour à qui j' veux, répliqua Blondeau sèchement. Le contraire n'est pas dans le règlement.

La main de la femme retomba sur ses genoux.

— Blondeau ! gronda le directeur.

Les puissantes épaules de l'adolescent houlèrent sous le treillis ; sous la pression de ses doigts, son quart prit une forme ovale. On lisait sur son masque résolu la lutte qui se livrait en lui. Il pensait à Fil. C'était visible. A Fil, son ami...

La bouche méprisante, il quitta de l'œil l'homme trop bien vêtu et dit, joignant les talons :

— J' dois aller travailler, M'sieu le Directeur. J' peux m' barrer ?

— Ne croyez-vous pas qu'il vaudrait mieux partir, chère amie ? suggéra soudain le beau-père. Si vous persistez à remuer tout ce passé, vous allez tomber malade.

Il devait en avoir assez de se trouver là, et ne se donnait même plus la peine de le cacher.

L'assiette du Noiraud tinta dans sa musette. Il vint près de Tréguier, le heurta du coude, murmura, soucieux :

— Qu'est-ce que c'est que ces piafs-là ? Y n'arrêtent pas de s'envoyer des « vous » aussi longs que le gourdin à la « vache ». C'est-y qui seraient pas mariés par hasard ?

— Ta gueule ! grogna Tréguier en regardant la mère de Fil extraire une poignée de lettres de la boîte.

Blondeau s'impatienta :

— M'sieu le Directeur !

La femme leva vers lui une face ravagée, enlaidie par les larmes.

— Pourquoi m'en voulez-vous ? dit-elle tristement. Marcel était votre camarade ; je suis sa mère !

— C'est justement ! gronda Blondeau, qui se contenait mal.

Et tourné vers M. Taréchian :

— J' vais être en retard à mon garage, M'sieur le Directeur.

Serrant ses lettres contre elle, la mère de Fil implorait encore dans un souffle :

— Monsieur... Dites-moi un mot gentil... Il y a des choses que vous ne pouvez comprendre... Ne soyez pas méchant.

D'un œil radouci, Blondeau détailla la femme prostrée devant lui. On ne l'avait certainement jamais appelé Monsieur. Cela le déroutait, il scruta la mère de Fil, cherchant à démêler la sincérité de ce chagrin tardif. Sa bouche s'ouvrit... se referma. La douceur s'effaça de son regard, et il reprit son masque indifférent. Sous les pleurs, la peau bronzée venait de lui rappeler que, la veille encore, cette mère se pavanait sur les plages, à l'heure où Fil accrochait sa ceinture.

— Vous êtes cruel, Monsieur, murmura-t-elle.

Blondeau cessa de se contenir :

— Moins que vous l'avez été pour votre gosse ! hurla-t-il, jetant son quart à toute volée.

Un silence de mort s'établit dans le dortoir. Dans la cour, des « ah ! » de stupéfaction fusèrent à travers les barreaux des fenêtres, où des visages curieux s'écrasaient.

— Monsieur Taréchian, voulez-vous mettre fin à ce scandale, et faire taire ce petit voyou ? ordonna le beau-père, d'un ton sec.

Blondeau tourna vers lui un visage étonné, se passa la main sur les yeux. Puis, du bout des dents :

— Toi... J' t'emmerde !...

— Blondeau ! vociféra le directeur. Tu me feras trente jours de cachot.

Le beau-père de Fil blêmit, respira bruyamment et s'avança, la main levée. Sa main ne put atteindre son but. Blondeau happa le poignet au vol, tira brusquement, fit pirouetter l'homme d'un croche-pied et ramena férocement le bras derrière le dos. Il le tordit. Des os craquèrent... Une sueur gicla du front du beau-père. Il lâcha son chapeau, avec un gémissement de honte et de douleur.

— Laisse ce Monsieur, Blondeau ! tonna le directeur.

— Assomme, Louis ! encourageaient des voix venant des fenêtres.

Le corps plié en deux, piétinant son chapeau, l'homme en gris avait décidément perdu toute sa superbe.

— Lâchez-moi... lâchez-moi... je... je...

— Je t'ordonne, Blondeau ! claironna le directeur sans s'aventurer plus avant.

Le ciment de la cour résonna sous un bruit de pas précipités. Quelqu'un prévint du dehors :

— Donne-toi-la, Louis ! V'là les gaffes !

La « vache », suivi du Gobi, de Molina et d'un autre surveillant se ruaient dans le dortoir.

Rassuré par ce renfort, M. Taréchian s'avança vers Blondeau qui, d'une détente violente, lui expédia sa victime dans les jambes. Le directeur trébucha, s'affala, nettoyant de son beau complet gris la poussière du dortoir. Jailli de sous son lit, l'Astucieux contemplait la scène, les bras pendants, les yeux ronds. Le tout-puissant directeur écroulé à ses pieds ?... Il en rêverait encore dans vingt ans, sûr ! S'emplissant la vue de ce spectacle extravagant qui pouvait passer pour le couronnement de sa carrière, il n'amorçait d'ailleurs pas un geste pour tirer de là son supérieur.

En quelques bonds rapides, la « vache » se trouva à portée de Blondeau. Son poing troua l'air. L'adolescent esquiva d'un plongeon. Se redressant aussitôt, tête en avant, il fonça comme un bélier dans le ventre du surveillant général. La respiration coupée, le gaffe battit l'air de ses bras. Le Gobi contourna son chef pour lui porter secours. Déchaîné, ne connaissant plus personne, Blondeau, la chemise ouverte sur sa poitrine de jeune colosse, les pieds écartés et les jarrets pliés, frappa bas, de plein fouet. Le Gobi grimaça ; ses yeux se voilèrent... Un deuxième coup lui fractura le cartilage du nez : un flot rouge éclaboussa la face noire.

Mais le troisième gaffe s'était glissé derrière Blondeau. Une matraque siffla dans l'atmosphère survoltée... La mère de Fil ferma les yeux...

— Garde-toi, Louis ! hurla Tréguier, solidement maintenu, depuis le début de la bagarre, par le Légionnaire et le Noiraud.

Trop tard ! Atteint sous l'oreille, Blondeau, toujours debout, fit face à ce nouvel adversaire. Il secouait sa tête, comme pour se débarrasser du mal qui lui cognait aux tempes, mais n'eut pas le temps de récupérer. La matraque, une seconde fois, siffla, l'atteignant au sommet du crâne. Le cuir chevelu parut s'ouvrir... Quelques gouttes de sang jaillirent, roulèrent sur les joues pâles.

Aveuglé par la rage, le gaffe releva son poing armé. Sa matraque s'abaissa, mais ne fendit que le vide... Blondeau venait de s'écrouler sur les genoux.

— Horrible ! Horrible ! répétait la femme, la tête enfouie dans ses mains.

Molina, lui, souriait. Il buvait du petit-lait. Il la tenait sa vengeance !

Comme les gaffes emmenaient, en le traînant par les bras, Blondeau évanoui, le directeur prêta l'oreille au grondement de colère qui parvenait de la cour. Il se pencha vers l'économe :

— Que tous les surveillants se tiennent prêts. N'oubliez pas que Blondeau est très aimé des pupilles. Aussi, prenons toutes précautions pour éviter d'autres incidents.

La mère de Fil insista pour que Tréguier l'accompagne jusqu'à la porte du couloir conduisant aux bureaux. Son mari, aidé de l'économe, se dirigea vers l'infirmerie. Voyant que le garçon s'éloignait sans rien dire, elle le rappela :

— Tréguier !

— Oui, M'dame ? dit-il, se retournant.

— Vous partez sans me dire au revoir ?

A contrecœur sans la regarder :

— Au revoir, M'dame.

— Vous m'en voulez pour tout ce qui arrive, n'est-ce pas, mon petit ?

Il ne répondit pas. Indécise, elle essuya d'un fin mouchoir sa poudre délayée par le chagrin et se rapprocha de lui :

— Et si je vous promettais d'intercéder en faveur de votre ami pour qu'il ne soit pas puni, vous m'en voudriez toujours ?

Il haussa des épaules désabusées, alourdies d'un scepticisme précoce.

— Faites pas ça, M'dame. C'est brave de votre part, mais ça servira à que dalle. Y s'en foutent ici, de ces trucs-là !

— Je vais pourtant essayer, dit-elle. Je vous promets de tenter l'impossible. Comptez sur moi !

— J' peux pas vous empêcher, bougonna-t-il. Mais vous savez... ici...

Machinalement, il serra tout de même la main tendue. Quand il revint dans la cour, complètement abruti par la scène, il avait du rouge à lèvres sur la joue. Il rejoignit les groupes stationnant devant les ateliers où, Molina, auxiliaire de la direction, calmait les échauffés, de toute son autorité de caïd. Il restait seul à présent comme fort à bras. Aucun doute, on ne reverrait plus Blondeau. Tréguier ne croyait pas en la clémence du directeur. Celui-ci promettrait la lune pour se débarrasser de la mère du grand, mais il sévirait. Durement. Tréguier le savait. Tous le savaient.

— Alors, ton pote est emballé ! grasseya Molina en l'apercevant.

— Y va revenir, dit Tréguier, soutenant son regard.

Le Rouquin, aux côtés de Molina, éclata de rire :

— Tu parles qu'y va revenir ! Y va revenir chercher ses frusques, oui ! Pour s' tracer en « correction » !

Molina approuva :

— Y nous emmerdera plus, celui-là ! Et toi, un conseil : File doux, sinon...

Tréguier, sans répondre, rejoignit un groupe qui entourait l'Astucieux. Celui-ci, encouragé par les bravos des autres, dansait une sorte de bourrée en claquant des sabots. Sur la tête, enfoncé, tout craquelé, l'ex-chapeau du beau-père laissait pendre sur son dos un ruban déchiré... Cela rappelait à Tréguier les « chapeaux à guide » portés par les anciens de sa Bretagne natale. Il détourna la tête, entra dans l'atelier où les machines commençaient à tourner dans un sifflement de courroies.

XI

La table de Blondeau, ce jour-là, était de corvée de réfectoire. Tréguier, à la soupe du soir, fut désigné avec le Rat pour porter la gamelle aux punis.

Des six cachots enclos dans une courette voisine des ateliers, quatre étaient vides d'occupants. Au N° 1, se trouvait bouclé un gars du dortoir A, condamné jusqu'à sa majorité pour récidive de vol, et en instance de départ pour Mettray. Quand le gaffe ouvrit la porte de ce cachot, une bordée d'injures l'accueillit.

— Ça va ! glapit-il. Ferme ta gueule si tu veux pas que je te soigne les côtes ! Et dépêche-toi d'avaler ta soupe.

Tréguier, profitant de la minute où le gaffe surveillait l'autre, s'esquiva. A travers le judas de la cellule 3, le visage de Blondeau lui souriait. Des croûtes de sang avaient séché sur sa figure. Un de ses yeux se bouchait sous un gonflement bleuté.

— Plus près, Yves, murmura-t-il.

Tréguier colla son oreille contre le grillage.

— Qui c'est le gaffe qu'est avec vous ?

— Cou-de-Taureau.

— Bon. Ça gaze ! Rentier va faire traîner les choses... C'est convenu entre nous. J' savais que notre table était de corvée, mais j' pensais pas qu' tu viendrais. Toutes les veines !

Il tendit l'oreille vers les bruits de gamelle et reprit :

— Ecoute, faut qu' je me barre d'ici cette neuille.

Tréguier sursauta et le broc qu'il tenait heurta la porte bardée de fer.

— Chut ! fit Blondeau, coulant un regard inquiet par-dessus l'épaule de son copain.

— T'es dingue ! dit Tréguier tout bas. C'est pas possible. Tu sais bien qu' les clefs sont remises tous les soirs au burelingue de la « vache » !

Il devina plus qu'il n'entendit le ricanement de Blondeau puis souffla :

— Y a pas besoin du trousseau de clefs. Quand t'iras dans la cour, tu verras l'Ajusteur de ma part. Il a fabriqué une carouble qui ouvre toutes les lourdes. Comme il a confiance en nous, il t' la remettra. Mais n'en jacte à personne, surtout ! Y a que moi qui sais qu'il en a une.

Tréguier, le broc posé sur la pointe de son sabot, s'adossa au cachot, l'œil machinalement fixé sur le disque du soleil couchant, tandis que son ami précisait :

— Aucun risque si t'opères comme j' te dis.

— La mère de Fil a demandé ta grâce au singe, dit Tréguier, pour tenter de le dissuader.

L'aîné gloussa :

— Tu crois pas à ces conneries, non ? Y va me faire passer au tourniquet et j' vais récolter la « vingt et une ». C'est c' que tu veux ? Non ? Alors, chope l'Ajusteur et rapplique quand tout le monde pioncera. Apporte-moi un béret et les godasses neuves qui sont sous mon pieu.

— Tu veux des fringues ?

— Un falzar, oui. Y m'ont déchiré le mien.

La voix du gaffe arriva jusqu'à eux :

— Dis donc, Rentier, tu le fais exprès ?

— Non, Chef, ripostait l'autre, mais c'est trop chaud !

Le garçon devait juger qu'il leur avait accordé assez de temps pour se parler, vu qu'il ajouta :

— Si vous êtes si pressé, rembarquez votre rôti et allez vous voir !

— Et la porte de la petite cour ? fit Tréguier aux aguets.

— Te bile pas pour ça. T'auras qu'à dégoter un grand clou. Le pêne est rouillé, y s' soulève tout seul. Alors j' compte sur toi, Yves ? D'accord ?

Tréguier acquiesça du menton et se recula précipitamment, car la voix du surveillant leur parvenait de nouveau :

— Ça suffit, le Rat, disait Cou-de-Taureau. Ramasse les plats.

Tréguier retourna se poster à l'entrée de « la 1. », son broc à la main. Au bonsoir ironique de Rentier, le gaffe, sans répondre, referma la solide porte, poussa les verrous et donna deux tours de clef à la grosse serrure.

— Allons voir Blondeau ! ordonna-t-il.

Il ouvrit le troisième cachot.

Allongé sur un bat-flanc, les vêtements en lambeaux, Blondeau cligna son œil valide à leur apparition.

— Pas moyen de roupiller ! grogna-t-il, feignant de s'éveiller.

— Tu manges ou tu manges pas ? s'impatienta Cou-de-Taureau :

— Si, si, Chef, je becte. Et comment !

Il s'empara de la gamelle tendue par le Rat, fit la grimace en portant la cuillère à sa bouche meurtrie et blagua :

— Un peu chaud, l' potage !

Tréguier plaça, près du prisonnier, la cruche qu'il venait d'emplir d'eau et, s'éloignant de quelques pas, fit mine de s'intéresser aux filles nues dessinées sur le mur. Puis, fouillant sous son bourgeron, il en ramena une demi-boule de pain. Les copains avaient planqué là les lambeaux de viande détachés de l'os qui nageait dans leur bassine de soupe. Vivement, dans un moment d'inattention du gaffe, Tréguier cacha le pain sous le bat-flanc, dans un coin d'ombre, voisin de la tinette. D'un pouce relevé par-dessus sa gamelle, Blondeau fit savoir qu'il avait compris. Sa soupe avalée, il les laissa se retirer sans rien dire. Tandis qu'il retombait sur sa couche de bois, on l'entendit gémir.

— Plutôt mal en point, railla le gaffe, en reverrouillant la porte. Ça lui apprendra à vouloir jouer aux durs !

Comme ils repassaient devant le N° 1, Rentier en profita

pour aboyer, avec sa voix enrouée : « Mort aux gaffes ! Mort aux gaffes ! Mort aux con... dés ! »

Le lourd trousseau de clefs de Cou-de-Taureau poignarda la porte :

— Tu vas la taire ta sale gueule ! Ou faut-il qu'on vienne en force pour te calmer ?

— Ça va, Chef ! Vous énervez pas ! minauda Rentier, du fond de son cachot.

La chanson, franchissant le mur, les rattrapa comme ils dépassaient l'atelier : « Mort aux gaffes ! Mort aux gaffes ! Mort aux con... dés ! Et mort aux agents de la sû-re-té ! »

— Le salaud ! tempêta le surveillant. Demain, je lui ferai ravaler ses paroles.

Le Rat poussa Tréguier du coude, fit gonfler sa joue, réussit à s'y tromper un pet sonore, puis s'engouffra dans la cuisine, évitant d'un poil le coup de pied qui lui arrivait au cul.

— Ne fais pas trop le malin, le Rat ! conseilla Cou-de-Taureau, avant d'aller rejoindre ses confrères à leur salle à manger.

Tous dormaient depuis longtemps. Certains des gars rêvant tout haut se débattaient sur leur couche. La chaleur accablante, l'odeur des corps crasseux emboucanaient la piaule. Par les barreaux des fenêtres, l'air raréfié passait difficilement.

Tréguier avait du mal à lutter contre le sommeil. De toute sa volonté, il bataillait pour vaincre l'alourdissement de ses paupières. Sa paume toute moite étreignait la grande clef fabriquée par l'Ajusteur. Ce dernier n'avait pas fait de difficulté pour la lui remettre : « J' suis content de rendre service à Louis, avait-il déclaré. C'est un chic type. J'espère que tu réussiras. Mais rappelles-toi qu'on nous fera pas de fleurs si tu jactes. Tu sais c' qui nous attend si on est marrons, hein ? » Tréguier le savait. En ce qui le concernait, il était bien normal qu'il se dévouât pour Blondeau. De la part de l'Ajusteur, c'était différent. Son geste était d'autant plus noble que, bien noté comme il l'était, il pouvait espérer un jour s'en retourner vivre une existence moins moche. Mais si on apprenait qu'il avait aidé Blondeau...

L'horloge de la cour tinta deux fois. Tréguier décida de se lever. Il le fit sans bruit. C'est accroupi entre son lit et celui de Fil qu'il acheva de se vêtir. Puis en chaussettes, serrant sous son bras les affaires de son copain, il se mit à ramper le long des lits. Une toux provenant de la cabine du Gobi l'immobilisa, angoissé. Il retint sa respiration et attendit. Un sommier grinça... Un juron jaillit de la bouche d'un rêveur... Ce fut tout. A quatre pattes il ouvrit la porte, la franchit. L'air du dehors calma ses nerfs tendus.

Sans quitter la ligne d'ombre du préau, il se mit en marche sur ses chaussettes, du côté opposé au réfectoire. Un quart d'heure lui fut nécessaire pour franchir, presque en rampant, les cent mètres qui le séparaient de la courette aux cellules. Cent mètres cisaillés d'arrêts, inspirés par la peur et l'indécision, tantôt poussé en avant par son amitié, tantôt rivé sur place par la crainte de la « vingt et une ». L'amitié l'emporta et Tréguier stoppa enfin au pied de la vieille porte. S'aidant du clou remis par l'Ajusteur, il s'escrima sur la serrure rouillée qui grinça. Un mouvement maladroit, et le clou tomba. Tâtonnant sur le sol pour le récupérer, il mordait ses lèvres, essayait de dominer la frousse qui le gagnait. Le clou retrouvé, il lui fallut tout recommencer. Mais le pêne ne céda pas.

— Bordel de Dieu ! jura-t-il entre ses dents.

Posant sa tête brûlante contre le bois de la porte, il resta là, inerte, le cœur battant. Au bout d'un certain temps, un peu apaisé, il se repencha sur le pêne en parlant tout seul : « L'Ajusteur m'a pourtant expliqué : un coup à gauche pour sentir le morceau d'acier branlotter, puis faire levier ; ça doit venir. » Tout en parlant, ses gestes suivaient, et, soudain, le clou souleva le bout de métal. Il força et tira à lui. La porte, en criant un peu sur ses gonds, s'ouvrit. Tréguier trembla, comme s'il eût préféré un échec. Il se faufila vivement dans la courette. La clarté de la nuit lui permit de lire, sur les portes hostiles, les gros chiffres en peinture.

— C'est toi ? souffla la voix de son ami.

— Oui, dit Tréguier. Toujours décidé ?

— Magne-toi d'ouvrir ! lança Blondeau en guise de réponse.

La clef joua sans difficulté. L'Ajusteur méritait bien son surnom. Tréguier fit coulisser les verrous et poussa. Son ami le happa à l'intérieur, lui bourra amicalement les côtes, complimenta.

— Bravo, vieux ! J' savais que tu m' laisserais pas tomber. Passe-moi mon grimpant, tu veux ?

— Où vas-tu aller ? dit Tréguier pendant qu'il se vêtait.

— T'inquiète pas. Mon taulier va m' planquer. Et quand la chasse se sera tassée, j' me ferai la paire n'importe où.

— Tiens, dit Tréguier, lui tendant des pièces de monnaie serrées dans une enveloppe, argent économisé sur ses gains aux dés. Y a vingt-deux balles là-dedans.

Blondeau parla de la gorge, ainsi qu'à chaque fois qu'il était ému.

— T'es cinglé, non ? Garde ton oseille. T'en auras besoin. Moi, où j' vais, j' manquerai de rien.

— Louis ! insista Tréguier.

Blondeau jura :

— Nom de Dieu ! puisque j' te dis...

Ils sortirent dans la cour. Blondeau regarda son pote, sourit et conclut en se coiffant de son béret :

— ... Ça va, têtu, donne !

— Et ta blessure ?

— Ça gaze ! J'ai le crâne plus dur que leurs matraques.

— Ils t'ont soigné, cet après-midi ?

Dans les joues de Blondeau, les fossettes que Tréguier connaissait si bien se creusèrent davantage.

— Oui. A coups de tatane ! J' suis couvert de bleus, mais ça ira. Au fait, t'as ton couteau ?

— Pourquoi, tu l' veux ?

— Oui. On va passer par le parc et si l' clebs du singe renaude, on le bute.

— On ? fit Tréguier, écarquillant les yeux. Tu m'emmènes ? Oh ! chouette !

— Toi ? Ah non, alors ! Tu peux encore espérer t'en tirer un jour. Mais si j' t'embarquais avec moi et qu'on soit bourrus, les carottes seraient cuites pour toi. Crois-moi, t'as rien à affurer dans cette galère. J'aime mieux qu' tu gardes tes chances de décarrer par la grande porte. Ça m'emmerde de t' laisser, mais il le faut pour toi, Yves. Comprends-le !

Il sourit finement, poursuivit :

— Quand j' disais « on », c'est à Rentier que j' pensais. Tu t' figures qu'y va moisir ici, à attendre qu'on l' balance à Mettray ? Il en ferait un barouf, le mec, si j' l'oubliais !

Rentier se chargea lui-même de le rappeler à l'ordre.

— Hé ! Louis, braillait-il, au risque d'attirer l'attention. Qu'est-ce que t'attends pour déboucler ma lourde ?

— Ça va, mets-la en veilleuse, grommela Blondeau qui s'éloigna dans la direction de la voix en boitant fortement.

Quand il émergea au-dehors, Rentier aspira l'air, se frappa la poitrine, déclara, mondain :

— Trop aimable vraiment de me cueillir dans mon appartement.

— Tu t' débines comme ça ? trancha Blondeau en détaillant l'autre qui, pour tout vêtement, possédait un pantalon et une chemise en loques.

— Hélas, oui ! minauda Rentier. J'ai pas eu le temps de passer chez mon tailleur. Veuillez m'en excuser. En tout cas, je suis chaussé de première bourre.

Il exhiba un godillot dépourvu de lacet, au cuir bosselé, et ricana :

— J' m'étais promis d'assommer la « vache » avec cet escarpin. Vu mon départ précipité, cela me sera impossible. Dommage...

Blondeau haussa les épaules :

— C'est pas l' moment de déconner. Allez, en route, il est temps de se trisser. On va passer par le toit des chiottes pour grimper sur le mur. Si le chien-loup est attaché, on traversera le parc sans mal. Ensuite, on sautera le grand mur donnant sur la rue, près de l'arbre, là où les tessons de bouteille ont été ratissés. J' sais qu'ils n'en ont pas encore cimenté d'autres. Aussi ça doit coller.

Il se tourna vers Tréguier. Son masque rude, plaqué de sang coagulé, se transfigura.

— Tu vas rentrer tout de suite, Yves, dit-il. Au cas où ça finirait mal, vaux mieux qu' tu sois zoné. Pas la peine de t' faire poisser avec nous. Allez, au revoir, gars ! ajouta-t-il, la main tendue.

Tréguier vit que la pomme d'Adam de son copain montait et descendait à un rythme rapide. Quant aux yeux gris, ils ne s'étaient jamais posés sur lui de cette façon.

— Au revoir, Louis, chuchota-t-il à son tour, étreignant la main de son ami.

De l'humidité voila son regard. Blondeau s'en aperçut. Son poing meurtrier faucha l'air et vint se placer doucement, tout doucement, sous le menton de son copain.

— Au revoir, vieux ! Serre les dents et bonne chance ! dit-il, s'écartant brusquement.

— Au revoir, Louis. Bonne chance à toi aussi !

Tréguier les regarda disparaître vers les chiottes, silhouettes de plus en plus imprécises. Seul un mouvement de l'épaule, accentué par la boiterie chez l'une des silhouettes, lui restait encore de son ami Blondeau... Son ami Louis Blondeau, matricule 1785, un garçon droit et propre qu'il venait d'aider à s'évader, et avec lequel il s'était entendu mieux qu'avec n'importe qui au monde.

Deux ombres à califourchon sur le mur... Puis plus rien. En dépit de la nuit tiède, un froid intense le mordit au ventre. Ses jambes tremblèrent. Son corps vibra douloureusement. Une partie de son être semblait l'avoir quitté pour courir, affolée, à la recherche de l'ami disparu. Après Berland, après Fil, Blondeau. Que lui restait-il ?

Quand il s'en retourna par le même chemin, oubliant cette fois toutes les précautions, une larme, une seule, la première, fut le tribut payé à l'amitié perdue. A mi-parcours, un aboiement le figea sur place. Un hurlement vite étouffé lui succéda, et le silence plana, plus lourd, sur le préau. Il regagna son lit sans encombre et se coucha, l'oreille tendue, prête à enregistrer le déchaînement de la meute. Les minutes s'écoulèrent, lentement, trop lentement, sans obéir aux battements de son cœur angoissé. Rien ne bougea... L'horloge dans cette paisible nuit d'août frappa trois coups. Sa poitrine se décontracta, libérant ses poumons.

Clément, le sommeil ouvrit son abîme accueillant et Tréguier s'y laissa glisser, oubliant tout.

XII

Les côtes en long, Tréguier reposait sur le bat-flanc. Le bois mastoc était criblé d'un tas d'initiales gravées à l'aide de clous ou de pointes de couteaux. Les plus anciennes, même si des chiffres ne les dataient pas, se reconnaissaient à leurs bords arrondis, lissés par le frottement des treillis. L'usure avait joué sur elles, année après année, les incorporant dans la masse de bois à un point tel qu'il était parfois difficile d'en distinguer les lettres. Les plus récentes, aux arêtes vives, aux rainures plus nettes, luttaient contre la crasse de l'endroit pour ne point tomber dans l'oubli. Elles s'inclineraient, elles aussi, sous l'assaut répété de la poussière et surtout sous l'érosion du temps. Certains jambages étaient aussi peu discrets qu'un crachat sur la gueule d'un surveillant. Comme les inscriptions étaient interdites, celles-là avaient dû coûter à leurs auteurs quelques jours de mitard en supplément. D'autres, plus petites, planquées dans des coins, presque introuvables, situaient des caractères moins hardis.

La dernière en date, un saignement blanc dans le poli sombre du bois, était celle de Rentier. Il avait bien fait les choses ; son nom s'étalait en grand sur plusieurs centimètres de haut. Pour soigner sa réputation auprès des futurs punis, il avait même commencé à marquer le mot AOÛ. Son évasion ne lui avait pas laissé le temps, en mettant le T, d'achever son œuvre. Peut-être, après tout, en ignorait-il l'orthographe ?

A travers deux barreaux haut scellés, le soleil, tel un projecteur, venait cercler les deux pieds nus du prisonnier et il les agitait, à la mesure d'une marche militaire héritée de son orphelinat, pour tuer le temps. Et puis le pied droit, trouvant un nouveau jeu, s'inclinait dans une courbette et le gauche rendait la politesse, avant que les deux repartent de plus belles, contents l'un de l'autre, comme, sur un plateau, deux artistes de music-hall.

Nonchalamment, Tréguier glissa la main sous le madrier qui soutenait le bat-flanc. Son but étant trop loin, il força sur son bras, retint un gémissement et se frictionna le côté, là où le pied de la « vache », cinq jours avant, l'avait frappé. De mauvaise humeur, ses pieds retombèrent, désabusés, dans la poussière dorée. Il se mit alors sur le ventre, et replongea la main sous le bat-flanc. Cette fois, il atteignit la cachette qu'il cherchait, et ramena du tabac, des feuilles et des allumettes soufrées. Il se roula une cigarette, l'alluma et, son crâne tondu de neuf bien posé sur le rondin de bois cloué dans le bat-flanc, savoura sa première bouffée.

Assourdi, quoique assez fort pour lui donner le regret de sa liberté, le ronronnement des machines parvenait jusqu'à lui. Au souvenir du marteau à devant brutalisant un fer rougi, ses muscles, condamnés au repos forcé, eurent une contraction douloureuse, une sorte d'appel à la dépense physique. Heureusement qu'il ne lui restait plus que trois jours à tirer. Le père Roux lui manquait. Dire que la veille au soir l'Astucieux, en lui portant sa gamelle, l'avait traité de veinard ! Il est vrai que pour lui, la position allongée était le summum du bonheur. N'empêche que Tréguier lui aurait bien volé sa place car ces huit jours de cellule lui sapaient son espoir d'aller travailler en ville. Maintenant, de longs mois passeraient avant qu'il pût courir sa chance. Si toute cette poisse suivait nécessairement l'évasion de Blondeau, il n'en voulait pas à son copain. L'heure était venue de lui payer ses gentillesses. Tréguier réglait sa dette comptant. Et sans regret.

Les cachots de Blondeau et de Rentier n'avaient pu s'ouvrir sans une aide extérieure. Les gaffes, avec la tendre méthode coutumière, avaient essayé de découvrir les complices. Le directeur lui-même, dont le chien avait été trouvé dans le parc, la gorge trouée, avait mis un point d'honneur à connaître les responsables de cette double et sensationnelle évasion. Trois nuits de pelote n'ayant rien donné, leur rage s'était tournée contre Tréguier. N'était-il pas l'ami de Blondeau ? Quatre heures durant il avait subi leurs questions brutales, leurs promesses doucereuses, leurs menaces. Il n'avait pas flanché. Il s'était souvenu des conseils de son ami : serrer les dents, toujours serrer les dents. Ne rien dire jamais. Ne jamais trahir ; même si la vie en dépend. Il s'était tu. Et quand la main noire du Gobi à la paume grise s'était abattue sur sa joue, cela l'avait soulagé. Il préférait les sévices, sachant qu'il y résisterait mieux qu'à un interrogatoire trop poussé. Au premier coup de poing de la « vache », il s'était affalé en hurlant. Roublard, entraîné à ce genre d'exercice, n'ayant ni la force ni l'intention de leur tenir tête, il s'était roulé à terre en piaillant, le corps tassé en boule pour offrir moins de surface aux coups de soulier.

Après cette dure raclée, il avait gueulé à l'injustice en s'entendant condamner à huit jours de cachot. Mais il se disait que c'était là plaisanterie à côté de ce qu'il aurait récolté s'ils avaient su la vérité. En définitive, il s'en tirait à bon compte, et l'Ajusteur pouvait vivre en paix, sans crainte de venir le rejoindre.

XIII

Novembre était revenu avec ses pluies, ses brouillasses malsaines. Un ciel lugubre emmurait plus encore les pupilles dans leur existence de reclus. Lorsqu'il voulait bien se montrer, le soleil donnait aux garçons le regret des beaux jours. Printemps, été ? Epoques bénies où le ciel leur renvoyait la vie du dehors, par-dessus leurs hauts murs, sous forme de bruits joyeux, d'étincelles de lumière et de chaleur bienfaisante.

Songeur, désœuvré, le col de son bourgeron relevé, mains dans les poches, Tréguier traînassait ses sabots à l'abri du préau. Parfois, il s'accotait à un mur pour regarder la pluie tomber.

— T'as pas une pipe, Tréguier ?

Il releva la tête sur l'Astucieux, qui sortait des chiottes en se reculottant.

— Si, dit-il, extirpant de sa poche quelques mégots desséchés.

Ils les dépiautèrent, les roulèrent.

— Bourdon ? s'informa l'Astucieux après avoir avalé une goulée.

— Non... Et toi ?

L'Astucieux haussa ses maigres épaules, se moucha dans ses doigts, s'esclaffa :

— Moi ? Triste, un dimanche ! Tu rigoles, non ? J' vais aller ronfler tout l'après-midi, oui !

— T'as raison, approuva Tréguier, l'œil dirigé vers la partie de passe, au fond de la cour.

L'Astucieux suivit son regard :

— Tu flambes pas ?

— Pas le rond !

— T'es remis avec Molina ?

— Non, j' l'évite. On s' jacte pas, c'est tout.

L'Astucieux sourit amicalement.

— T'as été courageux, la dernière fois où vous vous êtes tabassés. Tous les potes sont d'accord là-dessus.

Les dents de Tréguier grincèrent :

— Courageux ? Vous appelez ça courageux, que d' prendre une trempe comme celle que j'ai reçue ? J' l'ai même pas touché qu'il m'avait déjà lessivé !

Le sourire de l'Astucieux s'accentua :

— N'empêche que tu t'es pas dégonflé : c'est le principal. On peut pas toujours être le plus fort dans une bagarre, pas vrai ?

Il acheva, dans un soupir :

— Dommage que Blondeau soit plus là !

— Oui, dit Tréguier, sans cesser de mordiller son papier à cigarettes. Dommage.

Le voyant replongé dans sa rêverie, l'Astucieux s'en alla non sans lui lancer un :

— Merci pour la pipe !

— Pas de quoi ! dit Tréguier, les yeux rivés sur une flaque d'eau boueuse.

Machinalement, son souvenir y plaça un visage rude, surmonté de petites bouclettes d'un blond roux. Un regard aux reflets gris lui sourit, compréhensif, comme pour l'engager à tenir, à ne pas céder au découragement.

L'Astucieux venait de dire vrai. Il était pénible pour ceux du dortoir, et pour Tréguier surtout, que Blondeau ne fût plus là. Depuis son évasion, Molina régnait en maître. Avant, il n'y avait eu que Blondeau à pouvoir le contrer.

Maintenant, Molina était redevenu le grand caïd. Rien ne se traitait, ne s'échangeait sans qu'il imposât son avis. Bien entendu, dans tous les trocs il prélevait sa dîme. Assisté du Rouquin et du Boxeur, un nouveau, un jeune monstre de dix-sept ans à la gueule aplatie, il ne risquait guère de voir quelqu'un lui résister.

Pour être franc, aucune équipe n'était assez « dure » pour affronter ces trois « gros bras ». Aussi, dans la chambrée, tout le monde filait-il doux. Ceux des gars, fort rares, qui recevaient des colis, devaient les partager avec les trois complices. Nul ne songeait à aller se plaindre ; cela aurait abouti à quoi ? Le Gobi aurait donné raison à Molina ; le plaignant se serait retrouvé un soir au fond de la cour, roulé à coups de sabot. Alors...

Du temps de Blondeau, Molina évitait, par crainte de représailles, de montrer la haine qu'il portait à Tréguier depuis son arrivée. A présent, rien ne l'empêchait de la laisser voir et il ne s'en privait pas. Tréguier la lui rendait bien, sa haine. Ne pouvant l'étaler au grand jour, il la couvait en lui comme une maladie dégueulasse, comme un clou empli de pus.

A chaque vacherie, le clou enflait, mais les saletés ne sortaient pas. A la longue, Tréguier avait découvert une médecine pour vider son mal ; il n'osait s'en servir... C'était le meurtre ! Il rêvait de meurtre. Il avait quinze ans...

— Tu veux du perlot, Tréguier ? proposa une voix à ses côtés.

Etonné de cette largesse, il se tourna vers l'arrivant. Il se détendit en reconnaissant l'Ajusteur.

— C'est pas d' refus, dit-il. J'ai plus de mégots.

Piochant dans le paquet tendu, il remarqua :

— Tiens ! J' te croyais en train d' dessiner ?

L'Ajusteur tapota sa poche de bourgeron déformée par un livre dont le titre dépassait.

— J' prends un peu l'air, dit-il, caressant son front bombé. Y a des passages que j' peux pas comprendre dans mon bouquin.

— Qu'est-ce que tu lis donc ? demanda Tréguier, penché pour voir le titre. Il épela : *Traité de mécanique de précision*.

Il s'empara du livre, le feuilleta. Son œil buta sur des mots techniques inconnus de lui, s'accrocha sur des coupes de pignons compliquées, aussi dénuées de sens pour lui qu'un sermon du Gobi. Il rendit son bien à son camarade sans pouvoir cacher son admiration :

— Merde, t'arrive à t'y retrouver là-dedans ?

— Pas toujours. Mais j' fais d' mon mieux.

Pardi qu'il faisait de son mieux ! Il pouvait se vanter de les épater tous. Au lieu de perdre son temps à jouer, à se mêler aux combines des uns et des autres, il employait ses loisirs à potasser des bouquins, désireux de se perfectionner dans la théorie de son métier. Ou bien encore, crayon en main, il s'escrimait des heures durant sur un cahier d'écolier qu'il noircissait de dessins bizarres, imperméables à leurs cerveaux obtus.

Le père Roux, un connaisseur pourtant, disait que c'était un crime de ne pas expédier l'Ajusteur dans une école professionnelle. Mais qui se chargerait de l'envoyer dans un endroit spécialisé où il pût développer ses dons ? Qui voudrait assumer les frais de ce changement ? Sa mère ? Morte depuis longtemps ! Son père ? Un sagouin d'alcoolique qui n'avait même pas voulu donner son nom à son gosse. Un poivrot qui, quelque part aux colonies, bataillait à coups de Pernod pour essayer de coudre sur sa tunique un troisième galon de sergent-chef ! Il ne restait qu'une chance à l'Ajusteur : persévérer. Qui sait ? Peut-être réussirait-il par ses propres moyens ?

Tréguier le regardait frotter ses tempes, là où des veines saillaient :

— Tu devrais pas tant t' creuser le cigare, conseilla-t-il. Ça va t' claquer ! Tu vas tomber malade !

— J' voudrais tant savoir ! s'exclama l'Ajusteur en serrant frénétiquement son bouquin contre lui.

— Toujours pas de nouvelles du Rat, dit Tréguier pour lui changer les idées.

— Non, fit l'Ajusteur, calmé subitement. Ça fait combien de jours qu'il a fait la malle ?

— Quinze.

L'Ajusteur éteignit soigneusement son mégot, le fourra dans sa poche et déclara :

— Y sera repiqué, tu peux être sûr.

— Pourquoi ? Regarde Blondeau...

— Louis est un homme, maintenant. C'est un gars sérieux, qui sait ce qu'y veut. Mais le Rat ! A l'heure qu'il est, il doit faire le con dans un bistrot de Belleville. Comment veux-tu que les flics le retrouvent pas ? Souviens-toi d' Rentier.

— Il a pas eu de veine !

— P't-être ! Mais ils l'ont sauté pendant qu'il débouclait une villa. Total, le voilà à Mettray pour un bail.

Tréguier sourit :

— De toute façon, y devait y partir. Alors qu'est-ce que ça change ?

— Rien. Seulement s'il était tenu peinard, peut-être qu'il serait toujours en liberté.

— En tout cas, il a pas été bavard. Il a pas dit que j' l'avais aidé à se barrer.

— C'est juste ! reconnu l'Ajusteur. Il a tenu sa langue. Pourtant, quand on les connaît, on s' doute que les poulets ont pas dû le bichonner.

— Sûrement pas.

L'Ajusteur considéra la pluie qui redoublait et lâcha, pensif :

— A quoi tient notre avenir ? A un gars qui jacte trop... A l'humeur d'un gaffe... Au mauvais vouloir d'un pupille qui peut, par sa méchanceté, t'entraîner à commettre une connerie qu' tu regretteras toute ta vie.

— C'est vrai, approuva Tréguier, songeant à la rancune dont le poursuivait Molina.

— Encore heureux qu'on s'épaule un peu entre nous, reprit l'Ajusteur. Sans quoi...

Sa lèvre se releva sur une incisive cassée. Il remarqua amèrement :

— Pour que notre sort dépende de ces trucs-là, faut vraiment qu'on compte pour fifre parmi la société. Tiens ! j' vais retourner étudier, décida-t-il brusquement.

Et pour s'excuser :

— Pendant que j' turbine, j' pense à rien... C'est mieux comme ça.

— J'ai bien envie d'aller avec toi, fit Tréguier. J' dois écrire à Berland, un copain de l'orphelinat. Depuis l' temps que j' l'ai oublié...

Assis devant l'unique table qui meublait la carrée, Tréguier peinait, tirant la langue, sur une feuille de papier quadrillé, maculée de gras. Il n'était pas fort en rédaction, aussi cherchait-il ses mots, raturant de-ci de-là.

— Comment qu' ça s'écrit « gentillesse » ? demanda-t-il à l'Ajusteur qui dessinait en face de lui. Ça prend deux l ?

— J'en sais trop rien, confessa l'autre en mordillant son crayon. Y m' semble pourtant...

Il quêtait une aide autour d'eux. Mais les trois pupilles présents dans le dortoir, dont l'Astucieux, roupillaient enroulés dans leurs couvertures.

Tréguier tendit le cou vers la porte où le Bégayeux venait d'apparaître, la pèlerine ruisselante.

— Dis donc, le Bègue, cria-t-il. Y faut-y deux l à gentillesse ?

Le gars s'approcha d'eux, laissant derrière lui une trace humide.

— Y... y... y... y... il en faut... un... un... un ! dit-il, l'air inspiré.

— T'es sûr ? s'informa l'Ajusteur.

— Et... et... et... et comment ! affirma le Bégayeux, qui lâcha le dernier mot comme s'il allait vomir.

Des raclements de sabots, accompagnés de rires épais, parvinrent jusqu'au dortoir et un chœur de voix éraillées se mêla à ce bruit.

L'un des dormeurs s'agita sur sa couche.

— ... de Dieu... peuvent pas la boucler !

Le crayon de l'Ajusteur se pointa vers le mur qui les séparait de la cour :

— Qu'est-ce qui leur arrive encore ?

Le dos contre le poêle, comme si celui-ci, veuf de tout charbon, pouvait suffire à le sécher, le Bégayeux grimaça de dégoût :

— C'est l'équipe de Mo... Mo... Molina !

— Et alors ? fit Tréguier.

— Ben... ben... ben... ben, reprit le Bégayeux. C'est... c'est... c'est... c'est... l'é... l'é... l'é...

— Oui, tu l'as déjà dit, l'interrompit l'Ajusteur, c'est l'équipe à Molina qui, quoi ?

— Qu'est.... qu'est... qu'est... soûle ! acheva le Bègue en s'épongeant de son mouchoir troué.

— Ils ont bu toute la flotte des pissotières ? railla Tréguier.

La Bègue tapota son front en le regardant :

— Dé... dé... dé... déconne pas, Tréguier !

Il respira profondément, réussit à lâcher toute une phrase sans accroc :

— Ils ont vidé une bouteille de rhum devant moi !

— Rien que ça ? fit l'Ajusteur, sceptique.

Cette contradiction, il n'en fallait pas plus pour enliser le Bègue dans son bafouillage ordinaire :

— Si... si... si, c'est vrai. Mê... mê... même qu'ils ont encore une autre bou... bou... une autre bouteille !

— Ça promet ! remarqua l'Ajusteur. Pourvu qu'ils restent dehors à faire leurs tours de cons !

Au même instant, la porte fut poussée violemment. Les paroles d'une chanson célèbre parmi les pupilles devançaient les nouveaux arrivants :

« Mort aux gaffes... Mort aux ga...ffes... »

Dépoitraillé, une bouteille à la main, Molina se dressa dans l'embrasure. Des gouttes de pluie, dégoulinant de son crâne, allaient se perdre sur sa poitrine bronzée, matelassée de poils noirs. Il leva la main pour réclamer le silence.

— Hé ! les copains ! fit-il, surpris, coulant vers la tablée un regard mouillé d'alcool. V'nez un peu mater qui est là !

Il entra le premier, titubant, puis se retournant, grasseya :

— Entrez, bande de caves ! Puisque j' vous dis qu' mon pote Tréguier s'ennuie de nous !

Enlacés par le cou, ivres eux aussi, le Rouquin et le Boxeur pénétrèrent à leur tour dans le dortoir... Un groupe compact, où l'on reconnaissait des pupilles du dortoir A, les suivait.

Le clac-clac-clac des sabots de Molina résonna sur le ciment. D'une bourrade, il envoya dinguer le Bègue dans la travée de droite.

— Heu !... Heu !... Heu !... se révolta le garçon.

— De quoi ? grinça le Rouquin. On fait du rififi ?

D'un revers de main, il frappa méchamment le Bégayeux qui tentait de se relever. Un rire énorme les secoua tous quand le malheureux détala vers la cour. D'un geste rude, au risque de la casser, Molina posa sa bouteille sur la table, sans lâcher le goulot. Puis élevant son pied droit, lourdement, il le laissa tomber sur le banc où était assis l'Ajusteur.

Un lit craqua. L'Astucieux grommela, dressé sur son séant :

— Qu'est-ce que c'est que ce boucan ? Non mais...

— Ta gueule, toi ! ordonna le Boxeur d'une voix pâteuse.

Après un coup d'œil circulaire, l'Astucieux s'estima renseigné. Il s'enroula à nouveau dans sa couverture et se tint coi. Tréguier, lui, fit mine de replonger dans son courrier.

— Hé, Angélo ! Qu'est-ce qu'on fout ici ? s'impatienta un de la bande.

Sans répondre, l'interpellé, cramponné à l'épaule du Rouquin pour maintenir son équilibre, porta la bouteille à sa bouche.

— Te farcis pas tout, Angélo ! supplia son lieutenant. Et mézigue ?

Molina baissa le bras, fit claquer sa langue, rota fortement et, d'un geste large, lui tendit la bouteille. Un chœur d'exclamations jalouses fusa du groupe des gars :

— Et nous ?... Et nous alors ! On picte pas ?

— Fermez ça ! commanda Molina entre deux hoquets. Tas de goinfres que vous êtes ! Hé ! Tréguier...

Le garçon releva la tête. Il ne cilla pas sous le regard hargneux braqué sur lui. Brusquement, Molina arracha la bouteille au Rouquin et se pencha sur la table.

— Allez, bois ! dit-il dans un sourire sinistre.

Tréguier fit « non » de la tête.

— Tiens ! Tiens ! s'étonna le caïd. On veut pas trinquer avec son vieux poteau ? On fait le fier ?

D'un revers de main, Tréguier essuya les postillons qu'il recevait au travers du visage.

— On se calte, Tréguier ? proposa l'Ajusteur en refermant posément son cahier de dessin.

Le voyant se lever, Tréguier l'imita. Le cul de la bouteille poignarda sa poitrine.

— Assis ! gronda Molina.

Et sans daigner honorer l'Ajusteur d'un regard :

— Toi, le savant, barre-toi !

— Mais enfin ! se rebella celui-ci, en fourrant son cahier dans sa poche.

— Qu'est-ce qu'y peuvent être têtus, ces mecs-là ! remarqua le Boxeur d'un ton prétentieux.

Doux comme miel, il poussa l'Ajusteur jusqu'au bout du banc, puis, sauvage, d'un court crochet du gauche au menton, l'étendit à ses pieds. Souriant d'une joie mauvaise, il l'aida à se relever, le laissa s'ébrouer, frappa de nouveau.

— Ça suffit, n'esquinte pas notre génie ! ironisa Molina. Envoie-le s' faire baiser !

— Pas par moi, il est trop tarte ! dit le Boxeur, retroussant ses lèvres dans une grimace qu'il voulait spirituelle.

— Ouille ! ma tête ! gémit l'Ajusteur, toujours à terre.

Il passa une main sur ses narines, la ramena poissée de sang, répéta :

— Ouille... ouille, ma tête !

Un éclat de rire général salua sa plainte. Le Rouquin,

couvrant de l'œil la bouteille toujours brandie par Molina, s'impatienta :

— Dis donc, Angélo, on les met ? Y en a marre de rester avec ces truffes...

— Non, non ! décida le caïd. Faut d'abord qu' mon pote Tréguier boive un coup.

Il péta deux, trois fois, ce qui déclencha l'hilarité des autres, reprit, d'une voix faussement apitoyée :

— Tu charries, Rouquin. On croirait que t'es jalmince que j' m'occupe de l'ami à Blondeau.

Sur un clin d'œil de sa part, le Rouquin, contournant la table, passa derrière Tréguier et vachement, du plat de la main, il le cogna à la nuque. Le garçon tomba sur son banc. Du buste, Molina écrasa la table et vivement allongea le bras :

— Bois, p'tit con ! gronda-t-il, la face burinée par la haine. Bois, j' te dis !

Tréguier eut un mouvement de recul. Les ongles du Rouquin lui griffèrent la nuque. Le goulot cogna dans ses dents. Il voulut se ressaisir ; le Rouquin le ceintura. Comme, cherchant l'air, sa bouche s'ouvrit et Molina, rapide, haussa le poignet : le liquide brûlant s'engouffra dans le gosier de Tréguier.

Avec sadisme, Molina enfonçait la bouteille. Les lèvres de Tréguier, malgré elles, s'écartaient et le goulot lui défonçait le palais. Il suffoqua ; les yeux lui sortaient des orbites. Le Boxeur, à deux mains, empoigna le bras de Molina, tira dessus. Hébété, Molina contempla sa bouteille, puis éclata d'un rire dément.

Le Rouquin dénoua son étreinte. Tréguier redégueula l'alcool où se mélangeaient des filets rouges. Sa gorge était en feu ; il étouffait. Pour se donner de l'air, il déchira son col, demeura la bouche béante, comme celle d'un poisson sur une berge. Sur son front, les veines marquaient le début d'asphyxie. Repris par son ivresse, Molina, l'air attristé, contempla le rhum qui, s'échappant de la bouteille, s'étant répandu sur la table et dit, hochant la tête :

— C' t'espèce de petit salaud ! Dire que j' voulais le dorloter...

Le Boxeur, lui, ne se plaignait pas. Ravi de l'aubaine, les mains à plat, son mufle à toucher la table, il léchait, ou plutôt lapait comme une bête, l'alcool surnageant les taches d'encre.

Le calme descendit en Tréguier ; son souffle redevint normal. Mais pas son âme. Non. La folie y rôdait. Peut-être sous l'effet du rhum, malgré lui avalé, car ses entrailles flambaient. Son sang bouillonna. Quelque chose craqua sous son crâne et il enfonça sa main dans sa poche, la ressortit armé d'un couteau, puis, par-dessus la table, plongea sur Molina. Le Boxeur fut plus vif que lui. Il boula sur Molina pour le protéger. Tréguier culbuta de l'autre côté du banc. Il ne put se relever, le Rouquin lui tomba sur le dos.

— Nom de Dieu ! jura Molina subitement dessoûlé. L'enfant d' putain ! Il a voulu m'outiller ! Le lâchez pas, les gars !

Le Boxeur, qui maintenant prêtait main-forte au Rouquin, ricana. Un grondement s'évada de la poitrine de Molina. Le couteau échappé des mains de Tréguier, d'un coup de sabot, valsa au bout du dortoir. Râlant de fureur, le caïd ordonna :

— Baissez-lui son froc !

Le Boxeur, dans une danse frénétique, laboura de ses fesses le dos de Tréguier. Il jubilait. Il lui saisit les bras, les tordit. Le Rouquin, assis sur les jarrets du garçon, agrippa les bretelles et violemment tira : elles cédèrent.

— J' me barre, décida l'un des pupilles du poêle. J' veux pas voir ça.

Le bruit de ses sabots décrut vers la sortie.

Le froid, l'humidité glaçaient les reins de Tréguier. Ecrasé par le poids du Rouquin, ses genoux le faisaient souffrir ; surtout le gauche, où un silex lui perçait la chair à travers le tissu du treillis.

Empoigné par sa colère d'ivrogne, Molina, d'une main tremblante, dénoua sa ceinture tressée. Il l'enroula autour du poing droit ; boucle en dehors, il la fit tournoyer :

— Ah ! ordure ! T'as voulu m' buter ! Tenez-le bon, les gars !

— Laisse-moi, Angélo, supplia Tréguier. T'es fou, voyons ! Tu...

Inattendu, le premier coup le cingla au creux des reins, le brûlant comme un fer rouge. Il ferma les yeux, serra les dents sur ses lèvres qui priaient : « Mon Dieu, laissez pas accomplir cette chose-là... Venez à mon secours... J' vous jure que je volerai plus jamais un bout de pain. J' vous jure que... »

Un second coup s'abattit. Puis ils se succédèrent, fouillant sa chair, tapant dans son cerveau prêt à éclater. Il hurla : « Fumier de Jésus-Christ ! Si tu existes, toi ou ton père, fais-nous tous crever !... Qu'est-ce t'attends, salaud ? Fumier ! »

Las de frapper ou de l'entendre crier, Molina vint s'agenouiller devant lui.

— Alors ? ricana-t-il, plus envie de balancer des coups de lame ?

Refoulant l'évanouissement dans lequel il sombrait, puisant de nouvelles forces dans sa rage, sa douleur, Tréguier, d'une détente, parvint à libérer son cou de la poigne du Boxeur. Sans perdre une seconde, il projeta son menton en avant et cracha.

Vif comme l'éclair, Molina se pencha sur le côté.

— Sale empafé ! brailla-t-il en se remettant debout.

Aussitôt, son pied chaussé d'un sabot, balancé avec violence, s'écrasa sous l'oreille de Tréguier [1]. Le crâne du garçon sonna sur le ciment. Son tympan s'emplit de rumeurs, pas assez fortes cependant pour l'empêcher d'entendre :

— Vingt-deux, les gars, v'là le Gobi !

Remue-ménage dans le dortoir, galopades de sabots, accompagnées du grincement des lits. Comme soulevés à la fois, les deux corps qui le clouaient au sol libérèrent Tréguier. Il se tourna, se mit sur le dos en geignant et son regard accrocha deux jambes de pantalon de couleur claire. Avec le froid qui lui glaçait les reins, la vue de ce pantalon le ramena à la réalité. Il jura :

1. Ce coup devait le rendre à jamais sourd de l'oreille droite.

— Merde ! Le Gobi.

Le Noir laissa tomber de toute sa hauteur :

— Qu'est-ce que tu fous par terre ?

— Hum ! fit Tréguier, s'asseyant sur son cul.

— Mais, nom de Dieu, t'es à moitié à poil ! tonna le gaffe.

Tréguier, relevé péniblement, se reculottait, improvisant une ceinture avec ses bretelles cassées.

La face du Noir devint menaçante :

— Qu'est-ce que tu fabriques dans cette tenue ?

Tréguier coula un regard vers le lit de Molina, mais ne dit mot.

— Alors ? aboya le gaffe.

Molina pointa son index sur Tréguier.

— C'est moi qui l'ai frappé, Chef, avoua-t-il. Oh ! juste une beigne, ajouta-t-il, clignant de l'œil. Figurez-vous qu' ce petit salaud voulait que j' lui fasse des choses. Enfin des choses... Vous comprenez, Chef ?

Ecartant les bras, Molina prit le dortoir à témoin :

— Dites donc les gars, vous êtes juges, hein ? Vous avez vu ?

L'Ajusteur ouvrit la bouche.

— Eh bien..., commença-t-il.

Le poing du Rouquin, en douce, vint lui heurter les côtes. Le Gobi se retourna sur eux, les sourcils froncés.

— T'as quelque chose à dire ? demanda-t-il à l'Ajusteur.

— Non, Chef, fit le garçon, baissant la tête.

Le Boxeur claironna de son coin :

— C' que dit Molina est vrai, Chef !

— Oui, Chef, surenchérit le Rouquin. C'est Tréguier qui l'a emmerdé.

Méprisant, Molina s'approcha, haussant ses puissantes épaules :

— Vous voyez, Chef... Quand j' vous le disais !

— Menteur que tu es, s'emporta Tréguier. C'est toi qui...

La main du gaffe s'abattit sur sa joue.

— Ça suffit ! trancha-t-il. Amène-toi. Je vais te soigner, bougre de saligaud.

Puis, humant l'air de ses narines épatées, il remarqua :

— Ça sent le rhum, ici... Est-ce que par hasard...

Et il se mit à dévisager Molina.

Sans sourciller, celui-ci se pencha, et dans un murmure :

— Y a une bouteille pour vous, Chef.

Le gaffe abaissa ses paupières en signe d'assentiment et, happant Tréguier par le bras, l'entraîna avec lui. Un quart d'heure plus tard, le garçon, dépouillé de ses bretelles et de ses objets personnels, se retrouvait au cachot. Motif de punition : 15 jours de cellule pour avoir troublé ses camarades par des gestes inconvenants.

Ecœuré, sachant qu'il ne lui servirait à rien de se plaindre, il s'en était abstenu. C'est peut-être pourquoi le Gobi, généreux, ne lui flanqua pas la correction promise.

XIV

Le lendemain matin, Tréguier s'éveilla les reins moulus. Il resta sans remuer, recroquevillé dans sa couverture pour conserver la chaleur amassée durant la nuit. Il hésitait à se lever, préférant retenir une envie de pisser plutôt que d'affronter le froid de son cachot. Enfoncé jusqu'aux oreilles, son béret n'émergeait pas non plus de la couverture. Du judas, le garçon ne devait représenter, aux regards inquisiteurs, qu'un inerte tas brun jeté sur le bat-flanc. Les bras croisés, les doigts enfouis sous ses aisselles, il guettait d'une oreille patiente l'arrivée de son déjeuner : une eau teintée de noir.

Le choc de la porte de la courette, repoussée brutalement, lui donna l'espoir de se chauffer le gosier. Il quitta sa couche de bois.

La lucarne d'aération de sa cellule, à travers ses barreaux, dispensait un jour glauque. Un jour blafard, brumeux, qui donnait le cafard. Ce n'était pas le café, hélas ! Dans la courette, quelqu'un commandait d'un ton brutal :

— Allez, avance, crapule !

Puis la voix reprit :

— Oudié, flanque-le au cinq. Au deux, c'est Tréguier, n'est-ce pas ?

Tréguier reconnut le timbre de voix détesté de la « vache ». Emporté par sa curiosité, il colla l'œil au judas. A la vue de deux hommes encadrant une mince silhouette, il étouffa un cri de surprise : « Mais... Mais c'est le Rat ! dit-il, écrasant son nez contre le grillage. Comment qu'il est fringué ? Ben vrai ! »

En apprenant que Tréguier se trouvait bouclé au numéro 2, le Rat, tournant le cou, lança joyeusement :

— Salut, p'tite tête ! Ça boume ?

— Vas-tu fermer ton clapet, avorton ! grogna l'un des sbires.

A l'accent, presque mélodieux, Tréguier situa le Gobi. Déjà, le groupe avait quitté son champ visuel. Le Gobi venait-il de bousculer son camarade ? Toujours est-il que celui-ci rouspéta, traînant sur les mots.

— Allez-y mollo, Chef, quoi ! Un peu de respect pour mézigue, tout de même... Voyons !

Une gifle claqua dans l'air matinal. Le Gobi rugit :

— Espèce de voyou ! Fais encore le mariole et je t'assomme !

Les verrous du cinq grincèrent.

— Tas de fumiers ! jeta le Rat. Tas de fumiers !

Un bruit sourd, suivi de coups rapides, d'une matité que Tréguier connaissait trop bien, arriva jusqu'à lui. Les hurlements du Rat ne cessèrent pas pour autant. Au contraire. Il les exagérait, les épiçant de mots plutôt salés :

— Bandes d'enfifrés ! Lèche-train de mes fesses ! Faux marlous ! Barbeaux de pissotières !...

Tréguier rit sous cape en songeant : « Il semble avoir appris à jacter pendant sa cavale ! »

L'avalanche de coups qui s'abattait sur le Rat s'était arrêtée. Les verrous, mal huilés, gémirent tristement... Le pas de deux hommes traversa la courette. Tréguier attendit le grincement de la porte, leur donna le temps de s'éloigner et, la bouche collée à son judas, appela :

— Hé ! le Rat ! le Rat !

En guise de réponse, il obtint un :

— Hou là là ! les tantes ! Qu'est-ce qu'ils m'ont sonné ! Bourreaux d'enfants, va.

— Hé ! le Rat ! reprit Tréguier, croyant ne pas avoir été entendu.

L'autre égrena un rire canaille, se décida :

— Ça va, Tréguier ! cria-t-il. T'énerve pas, j'sais que t'es là... Alors quoi de neuf, vieille branche ?

— Pas grand-chose, lança Tréguier dans le blizzard qui balayait la courette, soulevant des papiers merdeux. Il toussa pour dégager ses bronches de la brume, reprit :

— Et toi ? Te v'là bourru ?

— Comme tu vois... Y m'ont fait marron hier dans un musette de Belleville...

— Ah ! fit Tréguier, intéressé. Et alors ?

— Et alors, rien quoi ! lâcha le Rat, réticent. Ou plutôt, je t'expliquerai ça à la balade d'onze heures. Laisse-moi ronfler... J'ai pas pioncé de la sorgue avec tous ces flics sur mon cuir.

— Raconte maintenant, dit Tréguier, espérant tromper l'ennui.

— ... soir, fit la voix du Rat. A t'à l'heure !

— Le Rat ! implora Tréguier encore une fois.

Nulle réponse. Seul gémissait le vent, gêné dans sa course par l'exiguïté de la courette. Le Rat, soûlé de gnons et de fatigue, s'était endormi.

Lorsque vers onze heures le gaffe du dortoir A, de service, vint ouvrir leur cellule pour leur laisser prendre l'air, Tréguier ne vivait plus. Il avait hâte d'écouter les récits de son camarade.

Avant de refermer la porte de la courette sur eux, le gaffe les avertit :

— Je reviendrai vous boucler dans une demi-heure. Tâchez de vous tenir peinards. Sinon...

Il franchit le seuil, se retourna sur le Rat qui sortait de son cachot en se frottant les paupières :

— Le Rat ! Ordre du directeur : faut que tu quittes tes vêtements de guignol cet après-midi. Aussi, je te conduirai au magasin pour te procurer une tenue plus convenable.

Le gaffe remua son trousseau de clefs, remarqua, ironique :

— C'est pas que tu sois vilain-vilain, habillé comme tu l'es... Seulement le patron juge que là où tu vas aller, tu n'auras pas besoin de ce déguisement.

Sans plus attendre, il pirouetta sur ses talons. Ils entendirent son rire gras tandis qu'il refermait la lourde porte.

Souriant vers Tréguier, le Rat répétait son bonjour du matin :

— Salut ! p'tite tête. Ça biche ?

Tréguier détaillait le costume qui avait eu le don de mettre en joie le surveillant :

— En effet. T'es drôlement sapé !

— N'est-ce pas ? dit le copain, flatté. Qu'est-ce que tu dis de mon bénard ?

— Heu... Il est marrant.

— Quoi ? gouapa le Rat. Marrant ? C'est la mode à Belleville, pourtant ?

— Oh ! s'exclama Tréguier, soudain admiratif devant l'impressionnante rangée de boutons blancs qui décoraient le froc en question. C'est beau ça !

Subitement radouci, le Rat agita une chaussure à talon bottier, désigna son pantalon, large du bas, étroit de la cuisse, et lâcha noblement :

— C'est un froc à pattes.

— Ah !

Content d'avoir émerveillé son copain, le Rat daigna ôter la casquette à carreaux perchée sur son crâne, la lui tendit comme un pourboire :

— Gapette spéciale, avec un jonc dedans pour garder la forme... Tu peux essayer.

— Merci, dit Tréguier, la troquant contre son béret...

La casquette, trop grande, lui tomba sur les sourcils, lui couvrant à moitié les yeux.

Les lèvres du Rat émirent un sifflement flatteur :

— Un vrai poisse !

— Vraiment ? fit Tréguier, content de lui. J' ressemble à un dur ?

De deux doigts désinvoltes, le Rat claqua l'air :

— Puisque j' te le dis... J' suis connaisseur, non ?

— J' veux bien t' croire, fit Tréguier, plutôt épaté.

Le Rat grimaça, récupéra sa casquette.

— Teu... teu... teu..., fit-il. Tu peux pas piger. T'es pas assez affranchi.

Il se recoiffa et, s'animant, poursuivit :

— Quand tu sauras que j' fréquentais tous les voyous de Belleville... Est-ce que tu l' croiras, que j' suis un connaisseur ?

Puis il consentit à sourire, se gratta la nuque et, pris d'une idée subite, présenta son cou :

— Tiens ! La meilleure preuve que j'étais avec les truands, c'est qu' j'ai les crins coupés à la boule ! Zieute !

Tréguier contempla la ligne horizontale qui barrait la nuque du Rat, à croire qu'on lui avait mis un bol sur le crâne pour lui couper les cheveux. Il admira sincèrement :

— Oui, c'est aux œufs ! Un bon boulot ! C'est ta vieille qui t'a offert tout ça ?

Les yeux du Rat perdirent leur éclat prétentieux :

— Non, fit-il, d'une voix sourde. J'ai pas vu ma dabe. Elle était pas là tous ces jours...

— En voyage qu'elle était ?

— Oui... Non... Enfin, ils l'ont enchristée. A Saint-Lazare qu'ils l'ont mise, pour t' dire la vérité. Deux marqués qu'elle y est... Pour entôlage. C'est une radeuse... C'est son turbin, quoi ?

— Entôlage ? Qu'est-ce que c'est qu' ce truc-là ?

Le Rat cracha loin de lui, avant de renseigner.

— Ma daronne monte les michetons dans une piaule. Pendant qu'ils s'envoient en l'air, y a une copine à elle qui leur engourdit leurs morlingues. T'as entravé ?

— Oui, dit Tréguier. Mais alors où qu' t'as été durant ta cavale, puisqu'elle était pas là ?

— Ben, c'est simple. J'ai été chez un pote avec qui elle était à la colle dans l' temps.

— Ton père, en quelque sorte ?

— Si tu veux. C'est à peu près ça. Sauf que mes dabes, à moi, sont jamais les mêmes. J' sais jamais comment les appeler. Note qu'ils ont été chouettes avec moi. J' peux pas m' plaindre !

— Ils ?

— Ben, oui ! L'ancien et le nouveau, quoi ! J'ai pas pu coucher chez mon dernière père, à cause des flics qui sont venus pour essayer d' me cravater. Alors j'ai zoné chez l'ancien homme à ma mère. L'avant-dernier en tout cas. Ils m'ont donné du pognon tous les deux. Ça, ils ont été gentils !

Le Rat hocha la tête, regretta :

— C'était la belle vie, tu peux pas savoir. D'abord le matin, j' me levais jamais avant midi. En tout cas, pas avant qu' ma dabe m'ait apporté mon jus au lit.

Tréguier écarquilla les yeux :

— Ta mère ? Mais j' la croyais en taule ?

Le Rat bondit :

— Ah, merde, tu piges que dalle ! C'est pas d'elle que j' te parle ! Non ! C'est d' la femme qui vit avec mon ancien père, mais qu'est pas ma vraie mère. T'as saisi c' coup-ci ?

— Ma foi...

Une jeunesse surprenante transfigura la figure du Rat, effaçant les rides qu'y avait marquées son destin minable.

— Oui, ça va, cherche pas trop à comprendre, fit-il, mélancolique. Moi-même, j' m'y perds avec ma foutue famille... Mais qu'est-ce que j'y peux ?

Il se secoua comme pour se débarrasser de pensées trop lourdes et un masque gouailleur reparut sur ses traits.

— Que j' te finisse. Après l' déjeuner, j' me sapais et j'allais au bistrot avec les amis de mes pères. Ensuite, on allait briffer au restaurant et...

Ses yeux se durcirent légèrement :

— ... Et quand j' te parle de briffer, va pas croire que j' me tapais la cloche à l'Armée du Salut ! Non. J'allais dans un vrai restau où qu'y avait de tout à claper.

— Mais j' te crois, le Rat ! s'écria Tréguier. J' te jure que j' te crois.

— Ah bon ! fit le Rat, rassuré. Pis, après qu'on avait le ventre plein, on partait à la « Java ».

— Tu dansais ?

— Voyons ! s'offusqua le Rat. Bien sûr que j' dansais ! Tiens, gaffe !

Il se mit à tournoyer dans la cour en sifflotant un air de musette, les bras arrondis sur une imaginaire beauté, et le bas, trop large, de son pantalon balayait les graviers. Mais se souvenant qu'il n'avait plus de bretelles, il stoppa net sa démonstration, et, d'un geste énergique, remonta son grimpant.

— Tous les boutons qu' tu vois, ça fait plutôt décoratif, avoua-t-il. Mais ça maintient guère le froc en place !

— J' m'en suis aperçu, dit Tréguier.

— En tout cas, tu l'as vu, que j' savais guincher ? Ben, c'était tous les jours pareil. J'avais même levé une môme qu'en écrasait sur le Faubourg du Temple.

— Et tu l'aimais ?

Le Rat cracha avant de répondre, méprisant :

— C' que t'es cave ! J' l'aurais eue à la bonne le jour où elle m'aurait refilé son fric. Pas avant, voyons !

— Et elle, elle t'aimait ?

Devant la question saugrenue, le Rat haussa des épaules apitoyées :

— ... videmment qu'elle bandait pour moi ! J' l'ai bien vu les deux fois où j'ai pagé avec.

— Parce que t'as...

— Puisque j' te le dis ! Même qu'elle avait plein de grains de beauté sur le cul !

Assommé par cette révélation, Tréguier restait les bras pendants, la bouche ouverte, à contempler son copain qu'il n'était pas loin de prendre pour un héros.

— Ben vrai ! parvint-il à bredouiller. T'es quelqu'un !

— Pas ? fit le Rat, en plissant ses lèvres dans une moue désabusée. Malheureusement, ça a pas duré longtemps ! Les condés ont fait une descente dans le bal hier tantôt et m'ont tapé aux fafs. J'ai bien essayé d' me sauver, mais y en a un, une espèce de grand connard, qui m'a alpagué. Résultat, j' me suis fait emporter et, après enquête, ils m'ont ramené ici.

Il frappa un caillou de son soulier pointu, soupira :

— La fin de l'histoire, tu la connais ?

Il redressa son maigre torse moulé dans un chandail à col roulé et se mit à déclamer, d'une voix pointue : « Paul le Rat, vous êtes condamné, pour évasion, à être interné dans une colonie pénitentiaire, et cela jusqu'à votre majorité. »

Il se moucha dans ses doigts, lorgna la morve adhérant à son pouce, laissa tomber :

— Amen ! Priez pour lui.

Et, après avoir essuyé le tout sur son beau pantalon, il s'inquiéta :

— Et toi ?

— Battu avec Molina !

— Encore ?

— Cette fois, ç'a été pire.

Tréguier souleva sa chemise, montra son dos strié de rouge.

— Vingt dieux ! sifflota le Rat. Le fumier ! Qu'est-ce que tu vas faire ?

Tréguier le fixa un instant.

— J' vais essayer de foutre le camp, moi aussi. J'en ai marre, tu comprends... Si j' reste ici, Molina va m' rendre dingue.

Le Rat se décrotta le nez.

— T'as peut-être pas tort de tenter ta chance. Après tout, tu peux réussir, toi ! Qui sait ?

Un coup de sifflet provenant des ateliers le fit sursauter.

— Merde ! reprit-il... J'oubliais... T'as du percale ?

— Oui. T'en veux ? Y a pas une planque dans ta cellule ?

— Non. Fifre. Même pas d'allumettes.

Ils venaient juste de terminer quand le gaffe réapparut.

— Allons, mes agneaux, rentrez dans vos cages, dit-il, les poussant vers leurs cachots respectifs. Il ajouta en reverrouillant la porte du cinq : Le Rat ! Le directeur tient à te voir cet après-midi. Je puis te garantir que ce n'est pas pour te complimenter. Ça, tu peux en être certain !

La voix goguenarde du Rat s'éleva du fond de son cachot :

— Compliments ou pas compliments, directeur ou pas

directeur, qu'est-ce que vous voulez qu' ça m' foute ? Et quand on sera tous macchabs, rien dit que c'est moi qui serai l' plus moche cadavre, pas vrai ?

Le gaffe enferma Tréguier à son tour, puis, se plantant au milieu de la cour, il cria à l'adresse du Rat :

— Tu feras moins le marle là où tu vas aller. J' te jure qu'ils vont te dresser. Et comme il faut, encore !

Moqueuse, la voix du Rat se fit entendre de nouveau :

— Mais oui, Chef, disait-il. Vous bilez pas pour ma pomme ! J'ai tellement été dressé depuis que j' suis au monde, que j' marche au sucre, comme un clébard...

La porte de la courette claqua nerveusement, faisant écho à un juron.

XV

On entrait dans la semaine de Noël. Le Rat avait quitté la baraque quinze jours auparavant, date de son transfert pour Mettray.

Le matin de son départ, les garçons de corvée l'avaient entendu hurler des insultes au monde entier et à sa mère en particulier.

Tréguier était toujours là. La surveillance, renforcée depuis les dernières évasions, ne lui avait pas permis de donner suite à ses projets. Il lui avait fallu attendre une époque plus favorable et elle lui semblait venue. L'approche des fêtes détendait la nervosité des gaffes, les rendait moins teigneux. Ils ne parlaient que futures bombances. Le directeur, lui, exhibait ses tenues de ski à Saint-Moritz. L'instant était propice.

Le soir même, Tréguier tenterait sa chance. Aucune raison que ça rate. Il serait libre, enfin ! Aux dés, il était parvenu à se constituer un pécule, oh ! insignifiant mais pourtant, il se croyait riche. Il avait calculé son coup. Lui, il n'errerait pas à l'aveuglette ! Ne pouvant espérer revoir Blondeau, ne sachant où le joindre, c'était en solitaire qu'il jouerait le grand jeu. Le Havre, d'abord : ses bateaux immenses et leurs cales mystérieuses... Et au bout... son vieux rêve de toujours : l'Amérique !

Du ciel obscurci descendaient des flocons, lambeaux d'ouate minuscules qui crêtaient de blanc le haut des murs gris. Tréguier offrait, à la fraîche caresse de la neige, son visage enfiévré par une mauvaise toux, lorsqu'un appel du Bégayeux le ramena à l'abri du préau.

— Tréguier ! s'époumonait ce dernier. Tré... Tré... Tré...

Le garçon tourna la tête :

— Oui ! Tréguier !... Tu l'as déjà dit. Qu'est-ce que tu veux ?

L'immense bouche du Bègue s'ouvrit dans un rire hilare, puis se referma dans un bruit de clapet.

— Eh bien ? fit Tréguier, énervé par ses grimaces.

— Eh... Eh... Eh... Eh bien ! T'as un co... co... T'as un co... co... T'as un colis.

— Un colis ? fit Tréguier, surpris. Un colis pour moi ? Tu rigoles !

De haut en bas, le Bègue agita désespérément sa face pâle, la bouche arrondie cette fois, à croire qu'il se noyait. Il parvint à articuler :

— Il est chez l'éco... co... co... Chez l'éco... co... co... chez...

— Te fatigue pas, coupa Tréguier. Il est chez l'économe. C'est ça ?

Emporté par son zèle amical, le Bègue continuait à jeter ses affirmations aux piliers du préau. Tréguier était déjà loin...

Son camarade avait dit vrai, la preuve : cet énorme colis qu'il serrait sous son bras en marchant vers le dortoir.

— T'as de la veine, Tréguier, lui lança l'Astucieux qui, adossé au mur, mains dans les poches et sabots croisés, contemplait les flocons tourbillonnants.

— N'est-ce pas ? dit Tréguier, s'arrêtant devant lui.

L'Astucieux désigna le colis du menton :

— De qui ?

— La mère de Fil.

— Hein ! De la dabe à Morand ? Ben, merde...

— Ouais. J' suis aussi épaté que toi. J'ai même une bafouille avec... J' l'ai pas encore lue.

D'un revers nonchalant, l'Astucieux dispersa quelques flocons égarés sous le préau. Ce geste disait assez qu'il se foutait royalement de la lettre, mais non pas du colis, car il s'informa, le couvant d'un œil luisant :

— Y a-t-y à bouffer, là-dedans ?

— J'en sais rien. Viens, on va l'ouvrir ensemble !

L'Astucieux pointa son index sur les ficelles coupées :

— T'occupe pas, les gaffes, eux, savent c' qu'y a dedans.

— C'est le règlement ! Qu'est-ce que tu veux y faire ?

— Ouais ! grommela l'Astucieux. La censure, comme ils disent. Laisse-moi m' marrer ! Si, dans ton colibard, t'as un truc qui leur botte, ils te l' fauchent. Censuré, qu'ils disent... Les tantes ! Ça m' débecte, tiens...

Une flamme moqueuse éclaira ses yeux ternes, et il s'empressa de rectifier son jugement :

— Dans le fond, j' m'en fous, j'ai jamais reçu d' colis.

— Viens-tu ? trancha Tréguier, pressé d'ouvrir son paquet.

Personne dans le dortoir. Heureusement, Molina et son équipe étaient loin !

L'Astucieux, devant les gâteries étalées sur le lit du copain, fit la grimace :

— De quoi ! maugréa-t-il. Des p'tits fours ! Des p'tits-beurre ! Du chocolat ! Des bonbons !

Il hocha une tête apitoyée :

— C'est bien des idées d' gonzesse, ça !

La lippe méprisante de ses lèvres s'accentua à la vue d'une boîte ronde, joliment décorée, marquée « marrons glacés ».

— Qu'est-ce que c'est encore que c' machin-là ? ronchonna-t-il en soulevant le couvercle.

Il porta l'une des friandises à sa bouche, la croqua. Sa lippe disparut.

— C'est pas sale, c'te bricole ! avoua-t-il, replongeant ses doigts dans la boîte.

Inclinant sa tête de côté, il plissa ses paupières pour se donner l'air d'un dégustateur averti, puis critiqua, la bouche pleine :

— Quoique à mon avis, un calendo et un pain de quatre livres auraient mieux fait l'affaire.

— T'attiges ! se rebiffa Tréguier. C'est tout de même chouette à elle de nous expédier ça, non ?

— Ma foi..., marmonna l'Astucieux, non convaincu.

Sa main resta en suspens au-dessus de la boîte de marrons glacés. Son regard, empreint de réflexion, se riva sur les deux paires de chaussettes de laine qui complétaient le colis. Il acheva :

— ... Ce qui m' dépasse, c'est qu'elle t'envoie ça à toi, et quand Fil vivait, qu'elle oubliait d'en faire autant pour lui.

Sa voix s'anima :

— Tu t' souviens, il en recevait pas deux par an !

— C'est pourtant vrai...

— P't-être bien qu'elle a des remords, va-t'en savoir ? reprit l'Astucieux.

— Tu crois ?

— Ben, dame... N'oublie pas que les vieux, c'est plus cons qu' nous ! Quand ils possèdent des choses, y s'en occupent plus. Puis quand ils les ont paumées, y chialent pour essayer de les ravoir.

Il ramena son regard sur son compagnon :

— Mais pour Fil, que sa dabe chiale ou pas, ça changera rien à l'histoire. Le jouet est enterré, y pourra plus servir. Alors, comme elle sait pas comment réparer la casse, elle t'envoie un colis à toi, qu'elle aurait mieux fait d'expédier à son môme avant qu'y se bute.

L'Astucieux huma une plaque de chocolat et remarqua, amer :

— D' cette façon, son curé et son entourage lui colleront l'absolution. Tout le monde sera content. Eux, de voir une femme aussi généreuse avec les gosses. Et pis nous, on s' calera les joues...

Pendant la soupe du soir, la neige avait intensifié sa tombée. Elle recouvrait la cour d'un mol tapis, joli à l'œil, pour autant qu'on pût le distinguer, car les flocons qui s'entremêlaient dans leur course au sol, brouillaient en partie la vue. Pour Tréguier, un temps idéal ! Pour ne point donner l'éveil, il était demeuré en treillis et en sabots. Aussi se dirigea-t-il vers les chiottes, là où étaient planquées ses affaires : ses vêtements, une corde munie d'un crochet, et un marteau pour écraser les tessons de bouteille.

Avant l'appel, il lui restait près de deux heures. Une marge suffisante... D'ici deux heures, il serait loin.

Il sourit en reconnaissant près d'un pilier le Bègue et l'Astucieux qui s'entretenaient mystérieusement. Ne leur avait-il pas donné son colis ? Sans rien expliquer, d'ailleurs. Ils l'avaient cru fou... Une telle aubaine ! Il pénétra dans une chiotte, retrouva son paquet, un peu humide, se changea et transvasa ses affaires. Sa main, un court instant, s'attarda sur la lettre de la mère de Fil ; puis il la déchira, la jeta dans le trou. Il en connaissait les termes : « Mon cher enfant », débutait-elle... « Même formule que pour son gosse », s'était-il dit. « Je songe à votre solitude en ce Noël si proche. Aussi me suis-je permis de vous envoyer ces quelques friandises. Ne vous en étonnez pas. Je sais que Marcel, là où il se trouve, sera content. Sachez que je pense à lui sans cesse, que je souffre et souffrirai toujours de sa disparition. Si je l'osais, je vous demanderais bien de me répondre ! Le voudriez-vous ? Cela me consolerait tant de m'entretenir avec vous de mon petit Marcel. Hélas, accéderez-vous à ma requête ? En l'espérant tout de même, laissez-vous embrasser comme une maman... »

Du pied, Tréguier repoussa le fragment de papier et cracha. Autant effacer le passé d'un seul coup ! L'avenir lui suffisait.

Il sortit... Le Rouquin était devant lui.

— Hé, Tréguier ! dit-il. J' te cherchais. Molina veut t' voir.

Le sang reflua des joues du garçon.

— Laisse-moi passer. J' verrai Molina plus tard.

Le Rouquin, sans lui répondre, appela de toutes ses forces :

— Angélo ! Hé, Angélo !

Un cri venant de la droite troua la valse accélérée des flocons. Un bruit de pas précipités... Deux silhouettes grossirent, grossirent... Deux pèlerines mouchetées de blanc stoppèrent aux pieds de Tréguier. Fixée sous la toiture des chiottes, l'unique lampe jaunâtre éclairait la face cruelle de Molina. Près de lui était le Boxeur, dont les narines s'évasaient à l'approche de la curée.

— Alors, attaqua le caïd, on a reçu un packson, à c' qui paraît ? On s'est gavé en loucedé sans affranchir les copains ! Hein, p'tit fumier ?

— Mais, Angélo, tenta Tréguier... T'étais pas là et...

— Ta gueule ! l'interrompit Molina. Qui t'a permis de fader avec le Bègue et l'Astucieux, qui ?

— Ben, comme t'étais...

— Ta gueule ! Où est le reste ?

— J' l'ai...

— Ta gueule !

Du coude, le Boxeur heurta Molina, puis lui désigna le bas de la pèlerine de Tréguier.

— Qu'est-ce que c'est que c' truc-là ? murmura le caïd, les sourcils froncés.

Tréguier bougea... Le crochet de la corde lui battit les mollets. « Oh, merde ! » pensa-t-il. Sous sa pèlerine, ses mains s'activèrent sournoisement, tentant de remonter l'objet compromettant.

— Rouquin ! ordonna Molina.

Tréguier n'eut pas le temps de réagir. D'une poussée, le Rouquin venait de lui faire perdre l'équilibre. Tête en avant, il dégringola les quatre marches, s'affala dans la neige et le marteau lui échappa.

— Eh ben ! ironisa le Boxeur, ramassant l'outil. Un daraque ! A c't' heure-ci ! Pour quoi foutre, bon Dieu !

Son œil repéra le costume de velours, les chaussures bien astiquées. Il ajouta de la même intonation, tourné vers Molina :

— Dis donc, Angélo, on aurait pas dû déranger ce milord ! Vise ses harnais ! Le v'là sur son trente-et-un ! Sûr, y va en soirée !

Molina se baissa, tira violemment sur la corde et la contempla, rêveur. Son œil alla chercher le marteau, revint à la corde. Il écuma soudain.

— S'pèce de petite ordure ! Tu voulais faire la malle, hein ?

Tréguier se releva.

— Non, dit-il faiblement, j' voulais juste me...

— Non ? gronda le chef de partie. Pardi qu' tu voulais pas ! Les gaffes non plus vont pas vouloir s'occuper de toi, eux ! Allez, en route, salaud !

Tréguier haussa son regard vers la crête du mur, vers la liberté. Lorsqu'il le rabaissa, une fixité sauvage y luisait.

— Molina ! hurla-t-il.

— De quoi ? fit le teneur de jeu, surpris.

— Molina ! hurla Tréguier une seconde fois sans bien savoir ce qu'il voulait.

— Ta gueule ! brailla le chef de partie. Tu veux que j' te corrige ?

Il avança d'un pas, rejetant les pans de sa pèlerine sur ses épaules. Celle de Tréguier s'écarta brusquement. Dans son poing droit, le tire-bouchon de son couteau lui entrait dans la paume.

— Hein ? fit Molina, qui s'avisait enfin de son aspect inquiétant.

Tréguier bondit, dérapa, mais son poing, sous la ceinture qui maintenait le pantalon de treillis, frappa bas et l'arme disparut jusqu'au manche.

— Nom de Dieu ! jura Molina, qui allongea instinctivement les mains.

Il tenta d'empoigner son assassin par le cou, mais ses bras, soudain, retombèrent inertes le long de son corps.

— Nom de Dieu ! jura-t-il à nouveau, d'une voix faible, craintive eût-on dit. Nom de...

Son faciès d'Indien s'inonda de sueur. Le charbon du

regard perdit son brillant. Il mollit, s'affaissa sur les genoux. Un jet de sang, plus rapide que le poignet qu'il retirait, vint poisser la main de Tréguier. Sans prendre garde au liquide chaud, gluant, qui lui mouillait les doigts, fou de rage, il releva son arme pour l'enfoncer dans le crâne de Molina, agenouillé devant lui. Deux cris d'horreur, plus forts que le fracas qui lui ébranlait le cerveau, crevèrent ses tympans. Son bras fut tordu en arrière, son torse fut emprisonné par des muscles plus puissants que sa folie meurtrière...

XVI

Trois semaines après le drame, comme Tréguier, encadré du Gobi et de la « vache », traversait la cour rendue glissante par le gel de la nuit, leur groupe croisa l'Astucieux. Celui-ci poussait devant lui une brouette pleine de détritus. Pour satisfaire sa curiosité, il jeta au passage, sans s'occuper des gaffes :

— Alors, gars ! Y t'ont collé la « vingt et une » ?

— Oui, dit Tréguier, penchant la tête pour l'apercevoir une dernière fois.

— Où qu' tu vas ?

— Belle-Île !

En patinant sur le sol gelé, la roue de la brouette grinça sinistrement dans le silence de la cour, et l'Astucieux cria :

— Ça va pas être de la tarte !

Puis d'une voix déjà lointaine :

— Bonne chance, vieux ! P't-être que j' te reverrai avant ton transfert !

La poigne du Gobi serra plus brutalement le bras de Tréguier.

— Interdiction de parler, dit-il. T'as compris ? Tu ne dois plus avoir aucun contact avec les autres jusqu'à ton départ. Aussi, ferme-la !

Sans piper, Tréguier se laissa boucler dans la cellule qu'il avait quittée, tôt le matin, pour se rendre au tribunal. Il attendit que les deux gaffes eussent verrouillé le cachot pour s'étendre sur son bat-flanc, enroulé dans sa couverture brune.

Ainsi tout était consommé ! Jusqu'à sa majorité, on venait de le condamner à vivre dans une colonie pénitentiaire. « Belle-Île » avait précisé le substitut en essuyant avec un mouchoir brodé ses lorgnons à monture d'or. Charmant bonhomme qui s'était même offert le luxe de lui demander s'il ne regrettait rien. Que lui aurait-il dit ? Qu'est-ce qu'ils y connaissaient, ces bourgeois ? Est-ce qu'ils cherchaient seulement à comprendre ? Pour eux, la vie était si simple : ancêtres, foyer, père, mère, études, licences, diplômes et tout le bordel. Et pour leurs rejetons, ça serait même tabac. Alors...

Blotti dans sa couverture, Tréguier guettait dans le noir le heurt des gamelles qui lui annoncerait l'arrivée de la corvée de soupe. Car il avait faim... Ils avaient toujours faim ! Et ça aussi, était-ce un crime, d'avoir de l'appétit à leur âge ?

Tréguier songea que là où l'expédiait le « charmant bonhomme », ce serait bien pire. Il allait lui falloir passer six années à Belle-Île. Six années qui lui paraîtraient longues et dures. Qu'importe ! Il encaisserait. Pour se sortir un jour de cette existence d'emmuré, il serrerait les dents. Pas vrai, Blondeau ? Il laisserait déferler les rafales d'insultes et de coups. Il courberait l'échine, mais il aurait le dernier mot. Il parviendrait à gagner sa liberté, son indépendance. Il ne flancherait pas... Il le savait.

Pour ce jour tant désiré, pour ce jour où, enfin, il ne serait plus un numéro matricule, mais un être libre, il se promettait une chose : d'aller revoir la petite ferme de son enfance, surplombant la mer. Et, une fois sur place, il irait dans le crépuscule silencieux s'étendre sur l'immense plage déserte... Cette plage de sable fin apporté par l'Océan qui se fout de la méchanceté des hommes. Il creuserait ce sable de ses reins, laisserait le clapotis des vagues caresser ses pieds endurcis par les nuits de pelote. Puis, comptant les étoiles comme autant de raisons d'espérer, comme autant de morceaux de pain blanc à manger, à son tour il promènerait ses yeux ravis sur l'infini du ciel, sans crainte qu'ils ne se heurtent à de hauts murs gris.

Achevé d'imprimer
le 1.6.85
par Printer Industria
Gráfica S.A.
Provenza, 388 08025 Barcelona
Sant Vicenç dels Horts 1985
Depósito Legal B. 13871-1985
Pour le compte de
France Loisirs
123, Boulevard de Grenelle
Paris

Numéro d'éditeur : 10546
Dépôt légal : juin 1985
Imprimé en Espagne